青少年求知文库
QingShaoNian QiuZhiWenKu

校园生活感悟

赵　维　编

吉林人民出版社

图书在版编目（CIP）数据

校园生活感悟 / 赵维编. — 长春 : 吉林人民出版社, 2010.7（2021.3重印）
（青少年求知文库）
ISBN 978-7-206-06880-5

Ⅰ. ①校… Ⅱ. ①赵… Ⅲ. ①散文—作品集—世界②故事—作品集—世界 Ⅳ. ①I11

中国版本图书馆CIP数据核字(2010)第120417号

校园生活感悟

编　　者:赵　维
责任编辑:王一莉
吉林人民出版社出版(长春市人民大街 7548 号　邮政编码:130022)
印　刷:三河市燕春印务有限公司
开　本:700mm×970mm　　1/16
印　张:13　　　　字数:110 千字
标准书号:ISBN 978-7-206-06880-5
版　次:2010 年 7 月第 1 版　　　印　次:2021 年 3 月第 2 次印刷
定　价:39.00 元

目 录

不仅仅是左手

◘ 池　莉

17岁那年秋天，我下放农村做知青，几个月之后，被选拔到大队小学教书。第一天上课，学生就不怕我。三年级的学生就有与我同年出生的。五年级毕业班的唱歌课体育课美术课，我都没有办法顺利进行，两三个完全无组织无纪律的男生，个子比我大，下巴上都长了胡子，这个冬季就要娶亲了。

校长鼓励我不必怕学生。他说：怕什么怕？他们再大，你总是老师，他们总是学生，天下还有学生大得过老师去不成！校长从打扫操场的大扫帚上抽出一根最长的竹条子交给我，要我向王老师学习。

我们学校的王老师，男，中年人，大个子，宽肩膀，胡子拉杂，少言寡语，非常威严。王老师走路总是甩开膀子迈大步，模样好生坦然潇洒，好像条条道路都是为他开的。我们大队的贫下中农们，凡路上遇见王老师，都要抢先问候，都要为他让路，还要夸他教书教得好。王老师的书，就是教得好，他班里毕业的学生，珠算打得风流水转，出了校门就可以当一个小队会计。对付最顽皮的男生，王老师一向只用一只手，左手。王老师不是左手力气大，主要是力气不大，还主要的是有轻重。王老师用左手把调皮学生的后颈脖子拎起来，从窗口轻轻扔出去，从来没有把学生摔出事情来；偶尔也有意外，也会发生一点皮肉伤，后来总是被时间证明没有大碍。贫下中农谁家有一个甚至多个不爱念书的调皮小子，爷娘老子都不怕的，大家便都是指望王老师整治。王老师仅这左手的一扔，多年的威信就建立起来了。

然而，作为教师，仅有武力是不够的，在乡村学校，尤其不够。最终人人都是要看你有没有本事。有本事的人，随你打骂，那是替爹娘管教孩子；没有本事的人，你弹他孩子一个指头，那就是欺负孩子的爹娘了。最初，我以为王老师的威信就是来自于他的左手和珠算。后来，我慢慢发现，王老师还写得一手漂亮的板书，语文、数学、体育、美术，他可以一个人包班，门门功课都教得好，除了不会唱歌——恰好贫下中农从来都不认为唱歌是一门功课，因此非常认可王老师的班级不唱歌。王老师还会修雨伞，做木工，打草鞋，箍水桶，烧锡补焊。王老师有一只工具箱，那简直就是百宝箱，他想要钉子就可以掏出钉子，他想要铁皮就可以掏出铁皮，任何困难都难不住他。要过春节了，村里家家户户请王老师写对联。也总有一些人家会贴别人写的对联，这就更是为王老师提供了比较。贫下中农过春节有的就是时间，又没有什么娱乐，大家成群结伙到处闲逛，挨家挨户比较对联。这一比较，明显还是王老师的字好。四村八里的人家婚丧嫁娶，也都要请王老师去做司仪。如果发生了什么意外，厨子来不了，王老师也当厨子，王老师从打豆腐到红案，都做得得心应手。一般凡有人请，王老师是有求必应。但凡王老师应了的事情，一概都做得利索漂亮。而他自己呢，则有一条人生的座右铭，便是：万事不求人。王老师是从来不去麻烦任何人的。他自己什么都会做。他就是自己生活的创造者。于是，王老师的威信怎么能够不高？谁家的孩子他不敢打呢？打了家长还要感谢，打了就表示王老师重视了这孩子。

我 17 岁的时候，认识了王老师，真是十分佩服，觉得他做人做得好生响亮和牛气啊！但是，真正认识到王老师的价值，却是在多年之后了。那是在我大学毕业了，工作了，成家了，在扑面而来的现实生活面前常常捉襟见肘，便一次又一次地想起了我那乡村小学的王老师。在琢磨中，我终于明白，一个人想要掌握自己的生活，想要骄傲又淡定，是何等不容易啊！在那赤贫的年代，王老师仅凭一只小小工具箱，就创造与修补着他自己的生活、学校的生活和乡亲们的生活，他该付出了多少智慧、勇气、精力与辛劳。30 年过去了，王老师依然是我迄今为止见到过的，唯一一个有气魄有能力掌握自己全部生活的人，唯一一个最贫穷却最有志气的人；有志才可以帅气，有气才可以帅体；因此一个贫穷的乡村小学教师，才是那么地神气，那么地体面，那么地受人尊重。尽管王老师基本都是打赤脚或者穿草鞋，但是条条道路好像都是为他开的，条条道路都恭候着昂首挺胸的他。

从王老师身上理解和领会到的道理，成了我人生最重要的教诲。因此我懂得，一个人，无论穷与富，都应该做一个有志气的人。有志气才有体面与高尚，有体面与高尚才有真正的美丽。这美丽是那种大美丽，仿佛太阳、月亮、森林与鲜花，天然大方，超凡脱俗；使自己怡然自得，让懂得它的人赏心悦目；一个人这么活一辈子，便够了。

失学的少年

◎ 赵 维

秋日里的阳光很柔，柔得像大嫂家豆儿的手，爹便坐在门口上的石阶上晒阳阳。

黄雀儿在老槐上聒噪，那狗仗人势的大黑便朝着树上汪汪。

我从外面走回，大黑摇着那条油光可鉴的尾巴奔过来，因为心烦，我一脚将献媚的大黑踢开，狗东西就嚎啕着跑回爹的身边。

爹睁开惺忪的睡眼，从腰包间取下烟包狠狠地挖着，那乌黑铮亮的烟杆儿在日光下一闪一闪的，发出刺眼的光芒。如果说我们家还有什么古董的话，那么这烟袋锅就是。据说这烟袋锅是我祖上在光绪年间抑或更早的时候，用一升黄米换下的，到现在已经荫福于好几代人了。爹说要把它传给我们弟兄三个中的一个，大哥当时就表态，说他吸烟用不着这个。二哥则搔着头皮儿笑着说，他只对那玉石烟嘴感兴趣，也许值头猪的价钱，爹听后大骂二哥杵头，抡起鞋底就要掌二哥。

“这半天你到哪里混去了，满世界找不到，指望你给咱搭把手哩。”爹嘬了一口烟后汹汹地说。

“马大念了县中，今一早给的信儿，说是明天动身，我去他家了。”语气冲得令我自己也吃惊。

爹没再说什么，只是起劲地嘬着烟，那吧嗒吧嗒声贼像小时候我吮娘的奶。烟云从爹的阔嘴巴里一朵一朵地升腾，笼在他的周围，我想知道爹动没动气，但瞅不清。

末了，爹磕了磕烟袋锅，起身回屋去了。

天空瓦蓝瓦蓝的，贼像娘给未过门的二嫂备的衣料。我躺在草垛上嘤嘤地吹口哨。

几天前，县剧团在石龙镇摆台演《燕青卖线》，娘张罗去看，忽又想起该给二嫂做衣裳了，不如一起办了。于是，娘从炕琴里翻出了那块料子，谁知料子被虫子蛀了好多眼儿，娘心疼得直落泪，结果戏也没看成。夜里头，爹劝娘：“为一块料子上火不值当，现在手里有钱，再买一块就是了。”

“说得轻巧，房子还盖不盖了？用钱的地方还多着呢。”娘立马驳了爹。

“现在搂钱的路子很多。”爹胸有成竹地说：“就让老疙瘩和我进山搞小秋收去，一趟下来能搂个百八的。”

"怕是老疙瘩不肯哩，我看他念书挺用心。"娘翻了个身，把背冲着爹说。

山里的孩子念了6年书够用了，我一个字不识，他大哥二哥比我强点不多，不也走过来了吗？"

娘被噎得无话可说，便掖了掖被子睡了。

从那天夜里起，我恨爹。

吃罢晚饭，趁爹去马棚给牲口添料的当口，我溜出家门找马大。

"咋样了？"一见面马大就问。

"爹不肯哩，下午李老师来过也没说动。"

"不行就放挺，看你爹咋办。"马大上学没伴儿，就极力撺掇我。

"怕是不成，爹急了要揍人哩。"想起那年追野兔独自进了山，被爹揍了个半死，我心有余悸。

"那咋办？"马大哭丧个脸，倒像是他遇了难。

"还是你爹懂情理，让你上学"停了一会儿，我说。

"哎——"马大忽然像大人似的叹了一口气："我爹是让我比着表哥学，表哥前年大学毕业留到了市里，爹眼热，说将来我也要走这条道。爹的盼头太高，我要是达不到，他轻饶不了我。"

听了马大的话，我到生出了几分宽慰：幸好自己不是马大，不然也要吃不消哩。

夜色渐渐浓了，娘满屯子喊我，我赶紧告别马大回家。

第二天日头刚刚露脸儿，爹就将我唤起。娘已经贪黑把我的书包改成能装山货的小背篼，完了，我心里一声哀叹，娘掐灭了我的最后一丝念头。

走出门来，恰好碰上马大他爹送马大去县城上学。马大瞅见我就笑笑，我也朝他笑笑。之后，我接过娘递过来的背篼，和爹一起进山发财去了。

父亲那一巴掌

◘ 豫　歌

我至今不吃烧玉米，即便它的香气再诱人，也难勾起我的食欲。

那是上小学的一年秋天，每天上学、放学我们都要路经一片玉米地，在那个吃饭得不到温饱的年代，亲眼目睹玉米从棵棵幼苗到穗穗颗粒饱满、散发诱人清香的成长过程，每当看到玉米头戴红缨，身披粒粒黄金，闻着那醉人的清香，真是让人垂涎欲滴。确实也有人偷偷地进到地里，掰下一穗生玉米狼吞虎咽地吃到了肚里。

一天下午放学后，几个小伙伴再也经受不住玉米的诱惑，一个胆大的孩子，让我们在地边放风，他下到地里，迅速“啪、啪”掰了两穗，声音在空旷的原野里传出很远。响声惊动了躲在暗处的庄稼看护员，他一边吆喝一边向我们冲来，看到被人发现，伙伴们惊惶失措，扔了玉米撒腿就跑。当看护员赶过来的时候，发现留下的只有我和地上扔着的两穗玉米棒："看我不回家告你爸！"那人从地上捡起玉米棒，狠狠地扔下一句话就走了。

感觉闯下大祸的我刚一进村，就看到一群人围在我家门口，交头接耳地议论着什么，看到这些，我更不知道该迈哪条腿了，战战兢兢地挪向人群，看到那个人手里拎着玉米，正在和父亲说着什么。父亲脸色铁青，胸口上下起伏着，一眼看见我时，父亲狠狠地瞪了我一眼，用平时迥然不同的声调大声质问我：

"过来，这事是不是你干的？"

我低着头不敢吱声，心里怦怦直跳，恨不得地上裂开一道缝，马上钻进去。

"是不是你干的？"

父亲加重了语气，"啪——"从来没有打过我的父亲，抬手对我的后脑勺就是狠狠的一巴掌，空气一下子凝固了，全场鸦雀无声，"滚，给我割草去，下午不要回来吃饭。"这时奶奶拨开人群，拉着我的手就走了。我背着箩筐去地里割草，泪水、汗水一起在我的脸庞不停地滑落。很快箩筐里的草已经装满了，我又饥又累躺在草地上，满天晚霞映红了天空，我无心欣赏那迷人的风景，不时可以听到远处传来蛙鸣的声音，野花的香味和着泥土的气息，让我有一种想要融入旷野的感觉。

正当我的意识开始模糊的时候，一阵轻轻的脚步声清晰地传入耳畔，我抬起头，薄暮中看到奶奶颠着一双小脚，颤颤巍巍地来接我回家。老人家手里拿着一根棍子，执意要和我把草抬回家。抬着箩筐，奶奶走在前面，我在后面，尽量把箩筐拉向我这头儿，以减轻奶奶肩头的压力，可敬的奶奶已经为我们这个大家庭承受了太多的苦难，我担心这筐草会把柔弱的奶奶压倒。

回到家里，饥肠辘辘的我闻到厨房飘来烧玉米的香味。

“你下手太重了。”是母亲责怪父亲的声音。

“那种场合我也没办法，要不下不了台呀！”父亲说。

放下箩筐，我没有心情吃饭，就去睡了。

不一会儿，奶奶过来了，“给，吃吧，你爸从承包地里掰了一穗玉米，”奶奶手里拿着一穗烧熟的玉米，我扭过脸去没有说话，奶奶把玉米放到了我的枕边。

“别生气，你爸打你也是没有办法的呀！打在儿身，疼在父心哪！”奶奶絮絮叨叨地说着。

早上醒来，那穗玉米就在我的怀里。

从那以后，每当闻到烧玉米的香味，便令我想起父亲的那一巴掌。

感谢父亲那一巴掌，那是恨铁不成钢，恨儿不争气的一巴掌。

我深深感谢父亲那一巴掌，那何尝不是另一种爱的方式。

超级黑客

◘ 冯 舒

杨阳没想到，爸爸居然向他发出了挑战，而挑战的内容竟是比赛破解密码！杨阳虽然只是个高一的学生，可却是公认的电脑高手。说他是高手，是因为他不像别的孩子那样，只知道用电脑打游戏或聊天，他喜欢钻研电脑软件和硬件方面的技术。不管谁的电脑出了问题，到他手上一捣鼓，没两分钟就搞定了。但他更入迷的是钻研各种黑客技术，有一次他竟然侵入了一个企业的网站，将所有的防御漏洞告诉了人家之后，才退了出来。杨阳说，他的理想就是要成为一名电脑黑客，让所有的防御在他面前形同虚设。而挑战者——他的爸爸，则是一个十足的电脑盲，连发个电子邮件都要找人帮忙。但现在，电脑盲居然敢向电脑高手挑战，而且还声明，谁失败就得答应对方一个要求。

杨阳本觉得这个没有一丝悬念的比赛没意思，但想到他赢了，就可以要求爸爸给他买个笔记本电脑，就高高兴兴地答应下来。

比赛的地点设在家中的一个书房里，书房里事先放置了一台电脑，电脑里装一个程序，该程序需要密码才可以打开。比赛的规则是，由两人分别进人房间对程序设定密码，并在里面留下一句话，然后由另一个人进去将这个密码破解，得到这句话。谁用的时间最短，谁就获胜。这对杨阳来说，简直是太简单了，这正是他最拿手的。

比赛开始了，先由爸爸设定密码，由杨阳来破解。杨阳进去 15 分钟后，就将爸爸设定的密码解开了。他打开程序，见到了那句话。那句话是："你成功了，但你没有胜利！"

杨阳在心里笑道："我没有胜利？我这已经是最快的速度了，难道你还能比我快？"杨阳按照约定对电脑重新设定了密码，让爸爸去解。在杨阳怀疑的目光中，爸爸信心百倍地走进了书房。杨阳见爸爸居然空手走进房间，心里更是暗暗发笑，看来自己的笔记本电脑是要定了，自己才是真正的黑客。

没想到，爸爸只用了两分钟，竟然就将程序打开了！这下杨阳可愣了，怎么回事？是什么使电脑盲一夜之间就变成了超级黑客？

杨阳心里虽然觉得纳闷，但也只得点头认输。他答应了爸爸的要求，那就是：钻研电脑技术可以，但不能耽误学习，更不能使用黑客技术做不道德和违法的事。

但令人奇怪的是，战胜杨阳后的爸爸依然像个电脑盲，还是需要请杨阳帮忙发电子邮件。直到几年以后，爸爸才揭开了他战胜杨阳的秘密。原来爸爸事先在天花板上正对着电脑键盘的地方，装了一个摄像头。这样，杨阳在设定密码时输入的数字，爸爸在旁边的房间里看得一清二楚。他只需要按照看到的数字输入一次，就可以解开密码。

爸爸对杨阳说："知道我为什么要想这个方法来赢你吗？我只想告诉你，千万不要去用黑客技术做不该做的事。因为不管你的技术有多高，在你没注意的地方，总有人在盯着你！"

爱是温暖怀抱的形状

刘继荣

一天的旅游结束后，我们骑马回度假山庄。我特地选了一匹很温驯的马，牵马的是个叫哈桑的男孩：穿绣花的白衬衫，个头虽不低，可那眼神却分明是个单纯的孩子。

哈桑说汉语的时候，会脸红，还带着可爱的卷舌音。可我问他话时，他总有些心不在焉，还不停地东张西望。我想：可能是游客太多，问题又大致相同，这少年已经被问倦了。

山路上风景很美，山坡上蒲公英开得蓬蓬勃勃，一阵风过，便如大雪纷纷扬扬地飘飞。

忽然，有马蹄声由远而近，还伴随着长长的呼唤。哈桑大惊，匆匆把马拴在树上，只满怀歉疚地向我说了声对不起，便一头钻进了树丛。

不一会儿，一个年轻的男人勒住坐骑，停在我身边。两匹马亲热地蹭着鼻子，坐在马上的我，却惊诧不已。那年轻人礼貌地点点头：你好，我是哈桑的老师，他已经一个星期没上课了，我来找他。

见我半信半疑，他索性从背包里掏出一叠作业本，翻开来让我看。我虽看不懂那一页页蓝色的蝌蚪文，但那一丝不苟的红色批阅，却让我相信了，他真的是个老师。

可任凭老师怎么叫，哈桑就是不出来，连我都开始替他着急了。老师看着天色不早了，便把自己的马拴在树上，留给那倔强的孩子。他牵着我的马，一步一步前行，代自己的学生履行未尽的职责。

他告诉我，他们的学校是一所马背上的学校，学生都是牧民子女。放牧的人总是四处寻找好的草场，学校也像候鸟般随牧人迁徙。天暖草青时在北，冰天雪地时在南，从来没有孩子失过学。

自前年起，一座座度假村孔雀般在草原和雪山上开屏。起先，孩子们只是在假期里，怯生生地牵着自家的马来载游客。可日子一长，有些孩子便迷上了这里的新鲜热闹，更重要的是，家长们也发现了这里不菲的收入。于是，小鸟们时不时会逃离课堂，出现在络绎不绝的游客之间。

从此，老师们开始了漫漫的寻找之旅。草原太大了，几乎所有的课余时间，他们都颠簸在马背上，从一个景区到另一个景区，从一个蒙古包到另一个蒙古包，四处寻觅着那些失散了的稚气的脸庞。

听着他平静的述说，我不禁问道：是当地教育部门要求这样做的吗？他摇摇头：没有人这样要求我们。

我正纳闷，老师忽然惊喜地叫道：你看，哈桑早就到了！拴在小木屋旁的那匹马，一看到主人，就昂首兴奋地嘶叫不已。老板娘是个快言快语的四川人，她笑嘻嘻地告诉我们：这孩子生气了，怪老师在陌生人面前说他逃学的事，躲在厨房不肯出来。

老师满面歉然：我怎么给忘了，哈桑都13岁了，开始爱面子了呢。老板娘继续说：哈桑本来发誓不再逃学的，可他姐姐秋天就要出嫁了，他一心要为姐姐多攒些买嫁妆的钱，才悄悄跑来的。老师不禁释然：哈桑真的长大了，这样懂事！

哈桑到底被老板娘拉出来了，他固执地埋着头，不言不语：，老师不恼，也不急着要他回去，只静静将备课本摊在膝上，认认真真地开始备课、在征得他的同意之后，我看了他明早要的汉语课的教案。

在那节课的结尾，他为孩子们设计了一段朗读训练：小虫的形状，是树脂怀抱小虫的形状；鱼儿的形状，是水怀抱鱼儿的形状；飞鸟翅膀掠过的形状，是天空怀抱飞鸟的形状。

我的心，忽然变得柔软起来，仿佛回到小时候，摘一片花瓣放在眼前，透过花瓣望出去，整个世界都是一朵开着的花。

老师备完课，便开始帮哈桑做事：捡来点篝火的松柏枝，将煮奶茶的大壶洗刷干净，给每个木屋里升起炉火，山里的夜很冷。老板娘柔声劝着哈桑，要他跟老师回去，而哈桑则一定要老师先回去。

哈桑跳着脚，脸涨得通红，一会用汉语回答老板娘的话，一会用哈语求老师，几次都急得要哭出来。最后老师妥协了，他拍拍哈桑的肩，转身去牵马。我默默地将备课本还给他，一时不知说什么好，他轻轻笑道：我明天再来。

我心里猛地一震：一个人，要有一颗怎样的心，才能够为一个孩子，一遍遍穿越那些迢迢的苍翠，那些静默的松柏林，那些盛夏还堆着积雪的山巅。

我问：非这样不可吗？他沉吟了片刻，说：孩子们还小，多读些书，多学点东西，长大一点再出来做事，总是好的。他指指木屋前那一丛金黄：你看，连蒲公英都要等种子成熟了，才让它们飞走。

我蹲下身子，第一次专注地打量这熟悉的植物：纤柔的枝叶紧紧抱着娇嫩的小黄花，直到花儿们长出了轻盈的翅膀，长出了坚强的心，才会安然放手。

暮色中，那一人一马像一幅清晰的剪影。对于那些孩子来说，这就是老师怀抱的形状吧。这是一种自我生长的，与名利无关的植物般的固执。一个心中有很多爱的人，才会在人生里保持这种倔强的姿势，就像蒲公英，不等到放心时决不会放手。

第二天早晨，老板娘一个人忙进忙出为我们准备早餐。我不禁问：哈桑呢？她笑了：那个犟小子，老师刚走一会儿他就后悔啦，跟我结算了工钱，骑着马追上去了！

这是我今早听到的最开心的消息，我几乎想拥抱一下可爱的老板娘。哈桑是幸运的，他遇见了世上最温暖而妥帖的怀抱。

校园生活，一生中最美好的记忆

◎佚　名

当微风轻柔地托起一丝丝柳絮的时候；当太阳把它金色的光辉悄然披在一棵棵俊俏的樱花树上的时候；当美丽的花瓣在空中悠悠地打几个卷儿，再轻轻落地的时候，我们正幸福地享受着烂漫的校园生活。

清晨，快乐的鸟儿唱着歌，伴随着我们一路走过洒满花香的小路，目送着我们走进校园，眼里全是笑意。阳光铺在写有校名的铜牌上，又把柔和的晨光反射到我们身上，我们笑吟吟地接受了这份光芒，朝气蓬勃地迈进校园。在去教室的路上，我们每天都能看见漂亮的喷泉与水池，挺拔的槐树与婀娜的垂柳；我们时常碰见自己的同学或是外班的好伙伴，友好地招一招手，亲热地拍一拍背，亲切地问候两句，也许再聊一聊最近做了些什么。

走进洒满晨光的教室，安置好书包与作业，长长地吁一口气，开始一天的学习生活。

课堂上，我们尽情地展开我们的才能，大胆地说出自己独到的见解，认真地记好我们要领悟的知识与要点。为了让鸟儿也为我们喝彩，为了让大树也赞许地点头，为了让花儿也为之倾心，让那片片在空中飞舞的花瓣上满载着赞赏与希望的寄语，我们努力着！

我们喜欢课间，喜欢那可以让我们自由发挥的10分钟。我们一起谈心来增进彼此之间的友谊，增添那宝贵的心灵财富；我们一起讨论问题来提高彼此的成绩，让自己更加的充实与睿智。有的依傍在栏杆上，凭栏远眺；有的聚集在长廊上，谈笑风生；有的坐在操场上沐浴着阳光，享受这最美好的金色年华。

我们融入在集体之中，每个班级都是一个家，我们在一起朝夕相处，无不希望自己的“家”能够出类拔萃。因此，我们在运动会上看见了每个运动员那如离弦之箭一般的冲劲，整装待发的气势，战无不胜的决心。我们还看见了一个个拉拉队加油助威的庞大的阵势——有挥舞着双臂的，有跳起来大声喊的，个个神气活现。

我们在学习中成长着。

我们在成长中学习着。

踮起脚尖

周训华

踮起脚尖，我好像变得高了一些，伸出手，想要去触碰那高不可及的东西。但在静默中我感到，那距离依旧好远。

小时候，为了拿的糖果而踮起脚尖。长大了，为了使自己看起来更加挺拔而踮起脚尖，舞者为了拥有优美的舞姿而踮起脚尖，忍受那锥心的疼痛。我们，为这样那样的目的踮起脚尖，目的只有一个，去触碰那有些遥远的目标。

当一次次感到自己在踮起脚尖后也无法丈量自己与那个高高在上的东西的距离的时候，我怀疑自己是否太过愚蠢。只是脚上的疼痛感一次次提醒我，我离那个东西很远。无数次梦里，看到极高的绝壁，可以遮住所有阳光的绝壁。在那个梦中，我唯一存在的意义，是用我来衬托山的高大。在山的那头，是一个我无法轻轻吐出的词语——理想。

那些总是在为理想奋斗的人们，如我，总生活在不同的追求中……

踮起脚尖，奔涌漂流的功业理想让我们感慨万千。在大气磅礴的战场古道上，一位励精图治的国君正踮起脚尖注视着夕阳西下的黄昏背景，他就是求贤若渴的齐桓公，盼望管仲早日平安归国的祝福缠绕心胸，九合诸侯一匡天下的宏愿氤氲血液中；“大梦谁先觉，平生我自知。草堂春睡足，窗外日迟迟。”“穷则独善其身，达则兼济天下”的诸葛孔明正踮起脚尖明志致远。他也在憧憬神往一位赏识重用他的伯乐明君，以指点江山纵横天下的雄才伟略来酬报贤主的知遇之恩；洞庭水畔、岳阳楼上，一位叫范仲淹的文豪正踮起脚尖四顾俯瞰。“先天下之忧而忧，后天下之乐而乐”的抱负在文章里烧得发颤，建功立业的使命足以使海枯石烂；好男儿志在远方。广大莘莘学子奋发图强、卧薪尝胆，拼搏奋斗中时不时踮起脚尖，揣摩掂量理想离多远才会实现，领略感受着古仁人倡导推崇的“天道酬勤”、“学达性天”——这是教育的理想。

踮起脚尖，折射蕴涵的家国梦想让我们品味厚重沉淀。“长太息以掩涕兮，哀民生之多艰。”披发跣足、行吟泽畔的屈原常常踮起脚尖。“路漫漫其修远兮，吾将上下而求索”，维系支撑大夫博大襟怀的正是富国强民的理念；“遗民泪尽胡尘里，南望王师又一年。”壮怀激烈、恢弘豪迈的陆游不断踮起脚尖。“王师北定中原日，家祭无忘告乃翁”的悲情遗憾里，精忠报国之魂得到淋漓尽致挥洒展现；“关山万里残宵梦，犹听江东战鼓声。”威严刚正、清正廉洁的林则徐在发配西行的路上不停踮起脚尖。“苟利国家生死以，岂因祸福避趋之”的长吁慨叹里，一种深沉质朴赤子之心感地动天；“常思奋不顾身，而殉国家之急。”卓尔不群、意气风发的中国80、90后们正踮起脚尖。“长江后浪推前浪，一代新人换旧人”，作为国家继往开来的新生代，他们拥有“会当凌绝顶，一览众山小”的气魄，关注着灾区重建，发扬着“一方有难，八方支援”的传统美德，点燃了“万众一心，众志成城”的精神火炬，传递着“复兴民族、青春中国”的时代梦想，拳拳中国心，殷殷炎黄情永驻心灵间——这却是中国的理想。

每个人，对于踮起脚尖看事物有不同看法，就如上述这些典型，所以请踮起脚尖去撷取中国的不同于人民的社会理想。

无人能独自成功

佚　名

早在15世纪，纽伦堡附近的一个小村子里住着一户人家，家里有18个孩子。18个孩子！光是为了糊口，一家之主、当金匠的父亲丢勒几乎每天都要干上18个小时——或者在他的作坊，或者替他的邻居打零工。

尽管家境如此困苦，但丢勒家年长的俩兄弟都梦想当艺术家。不过他们很清楚，父亲在经济上绝无能力把他们中的任何一人送到纽伦堡的学院去学习。

经过夜间床头无数次的私议之后，他们最后议定掷硬币——失败者要到附近下矿4年，用他的收入供给到纽伦堡上学的兄弟；而胜者则在纽伦堡就学4年，然后用他出卖作品的收入支持他的兄弟上学，如果必要的话，也得下矿挣钱。

在一个星期天做完礼拜后，他们掷了钱币。阿尔勃累喜特赢了，他离家到纽伦堡上学，而艾伯特则下到危险的矿井，以便在今后4年资助他的兄弟。阿尔勃累喜特在学院很快引起人们的关注，他的铜版画、木刻、油画远远超过了他的教授的成就。到毕业的时候，他的润笔已经相当可观。

当年轻的画家回到他的村子时，全家人在他们的草坪上祝贺他衣锦还乡。音乐和笑语伴随着这顿长长的值得纪念的会餐。吃完饭，阿尔勃累喜特从桌首荣誉席上起身向他亲爱的兄弟敬酒，因为他多年来的牺牲使阿尔勃累喜特得以实现自己的志向。“现在，艾伯特，我受到祝福的兄弟，应该倒过来了，你可以去纽伦堡实现你的梦，而我应该照顾你。”阿尔勃累喜特以这句话结束他的祝酒词。

大家都把期盼目光转向餐桌的远端，艾伯特坐在那里，泪水从他苍白的脸颊流下，他连连摇着低下去的头，呜咽着再三重复：“不……不……不”。

最后，艾伯特起身擦干脸上的泪水，低头瞥了瞥长桌前那些他挚爱的面孔，把手举到额前，柔声地说：“不，兄弟。我不能去纽伦堡了。这对我来说已经太迟了。看……看一看4年来的矿工生活使我的手发生了多大变化！每根指骨都至少遭到一次骨折，而且近来我的右手被关节炎折磨得甚至不能握住酒杯来回敬你的祝词，更不要说用笔、用画刷在羊皮纸或者画布上画出精致的线条。不，兄弟……对我来讲这太迟了。”

四百五十多年过去了。几百幅阿尔勃累喜特·丢勒的著名的肖像画、钢笔和铅笔素描、水彩画、木炭画、木刻以及铜版画悬挂在全世界每一个大博物馆里。但是很可能，你，同大多数人一样，熟知的只是阿尔勃累喜特·丢勒作品中的一件，其他更多的作品你可能只有一个复制品挂在家里或者办公室里。

有一天，为了报答艾伯特所做的牺牲，阿尔勃累喜特·丢勒苦心画下了他兄弟那双饱经磨难的手，细细的手指伸向天空。他把这幅动人心弦的画简单地命名为《手》，但是整个世界几乎立即被他的杰作折服，把他那幅爱的贡品重新命名为《祈求的手》。

高三的秋

杨雨萱

我，趴在9月的尾巴上，回想高三生活的第一个月，这一个月的感受真似有百般滋味在心头。

最初，自信满满的我，被迎面而来漫天飞舞的试卷兜头打得彻底懵了过去，只能戴着残破的盔甲落荒而逃。方寸大乱的我坠入迷茫陷阱，心中充满不安。面对书本，提不起以前的学习兴致，甚至有厌烦的感觉，心中的浮躁一刻不停的向我咄咄袭来，我蹲在死角却无力反抗。反复问自己“怎么了？我究竟是怎么了？不是已做好准备了嘛，为什么还是被打的只能逃跑?!”

高三的号角已经吹响，为这一年我付出很多，难道要让一切努力和等待都付诸东流，而甘心做一个懦夫逃避现实？不，一定不！我，不甘心成为弱者，任命运在时间的手术台上宰割。

日子，被渐起的秋风吹过，街道两旁的梧桐树叶，在风中盘旋飞向未知的方向。春来草自青，秋到叶自落。春天，萌芽复苏，绿色洋溢，生机勃勃。盛夏，它将生机彻底绽放，绽成枝头浓密，化不开的绿。秋风里，它的身躯日渐干瘪、蜷缩，终于在某个秋日的清晨或傍晚，失去水分的身躯，荡悠悠地飘落枝头。“落红不是无情物，化作春泥更护花。”它将在冬天，化作树根的一抔泥土终结一生。短暂的一生中，叶都在努力释放自己。不管是初春带给人们关于春的喜悦，还是夏日投下一片片浓密的绿荫；抑或留下秋的遐想，还是冬天化作春泥孕育下一个轮回的盛放。不管在什么时候，叶都没有放弃，用坚持与等待在生命中的四季绽放出灿烂的投影。

9 月份快结束的时候，灰色天空下起入秋的第一场雨。密密斜织的雨帘，乍一看竟有些春雨的风韵；那静静落下的雨，带来凉凉的气息。真的是秋天了，即便我拼命骗自己还是夏天，可夏仍在秋来到的前一天悄悄走了。如果，我活在自己编织的不切实际的幻想中，将永远看不到我前进的方向。

“自古逢秋悲寂寥，我言秋日胜春朝。”秋天来了，我应坦然面对。就像高三，不管是天使还是魔鬼，摆正心态，便可以迎接它的挑战。

雨还在下，躁动不安的心凉凉的。雨中，我开始镇静下来。我不再迷茫，因为我有梦想在前方！梦想的色彩，是天堂的光芒。——它，在高三的旅途中，是指引我前进的方向！

画杨桃

维　祖

念小学四年级的时候，害了一场大病，在家休养半年。父亲为了慰我寂寥，教我读唐诗，下围棋，还教我学画画。他是岭南画派祖师爷高剑父、高奇峰的弟子。岭南画派是吸收西洋画技法的，因此我学画自然要从素描入手，画鸡蛋、茶杯、水壶、香蕉……父亲对我要求很严，要我认真忠实于素描对象，一丝不苟。从轮廓到光线的明暗，都要尽量准确。“你看见那是怎样的，就得把它画成怎样，不要想当然，画歪了它的模样。”他老是这样叮嘱我。

休养完了，回校复课，升上了五年级。有一次上图画课，老师把带来的两个杨桃摆在讲坛上，要我们对着写生。

课室是按学生的高矮编排座位的。在全班里我是较矮的几个当中的一个，座位编在前排靠边的地方。讲坛上那两个杨桃的一端正对着我。从我所处的角度看去，那五棱杨桃的轮廓就根本不像杨桃，而是五个角的什么东西了。

哎，要是能给我换一个座位，让我从别的角度去画就好啦！可是我只能坐在编定的座位上。忠实于自己的眼睛和物体的状貌，把自己所见如实地画出来，别人会相信那是杨桃吗？我要不要按自己想象中的杨桃模样去画呢？

不！父亲的叮嘱还在起作用：

“你看见是怎样的，就把它画成怎样的，不要画歪了它的模样。”

到头来，我还是老老实实地照画了。画得很忠实，很认真，而且还相当准确。当我把自己的这幅习作交出去的时候，有几个同学看了，都哈哈大笑：

“瞧，他画出个什么来了？”

“嘻嘻，杨桃是这个样子的？”

“倒不如说是五角星吧！”

“哈哈，画杨桃画成了五角星……”

老师把我的习作要过去看了看，又走到我的座位坐下来，审视了一下讲台上的杨桃，然后走到课室中央，高举起我的习作向同学们发问：

“这幅写生，大家说画得像不像？”

“不像！”同学们齐声回答。

“它像什么？”老师又问。

“像五角星！”几个同学应道，同时发出了嘻嘻哈哈的笑声。

老师的神情变得有点儿严肃。半晌，再问道：“画杨桃画成‘五角星’，好笑吗？”

同学们摸不透老师发问的意味，大都不敢回答，惟有刚才笑得最响的那几个不知好歹，齐声答道：

“好笑！”

老师于是下令：“说‘好笑’的同学，请离开座位，站到前面来！”

刚才还嘻嘻哈哈的几个同学不知道将要发生什么事，面面相觑，迟迟疑疑地站起来走到讲台前一字儿排开。

这时，老师走到我身旁，要我让座位，然后对那几个同学说：

“来，你们排好队，走过来，轮流坐到这位置上。”

他们只好听从命令。

“好啦，现在你看看那杨桃，像你平时想象中的杨桃那个模样吗？”老师对头一个坐到我座位上的同学问道。

“不……像。”

“那么，像什么呢？”

“像……五、五角星。”

“好，你站起来，下一个……”

老师让这几个同学回到自己的座位之后，随即和颜悦色地对全班同学说：

“说起杨桃，大家都会想到杨桃的形状：接近椭圆，肩部肥大，底部略为尖削，有五棱。但是从不同的角度看去，杨桃就不一定是人们心目中的杨桃那个模样了，有时候，它看起来就真的像五角星。因此，当我们看见别人把杨桃画成五角星的时候不要忙着发笑，要看看人家是处在哪个位置，从什么角度对着那杨桃的。我们应该忠实于自己的眼睛。当你从自己所处的角度看去，杨桃不像杨桃而只像五角星，你也应该大胆地把它画成‘五角星’，不要惟恐别人说它不像杨桃，而故意把它画成将会取得别人承认的那个样子……”

老师的教诲使我一生受用。这道理自然不仅在于画画。

举起你的右手

李巧妍

在乡下教书时，学生大多是农村孩子。因为靠近市郊的经济开发区，也时不时有一些随父母奔波至此的孩子在这儿插班。我深深理解那些经济建设者们的艰辛和不易，对他们的孩子也就倍加关怀和怜惜——谁愿意手中诞生一个繁华世界的同时，身后却落下一个荒芜的孩子呢？

深秋的一天，我上完早自习回到办公室，桌边站着一个高大的男人和一个背着书包的男孩。

“你是李老师吧？”

“是的。”

“我是东方玻璃厂的工程师。”他掏出名片递给我：“我和校长谈过了，想让孩子插进您的班，请您多费心。”

“不客气。”我笑道。男孩子穿着一件极宽大的上衣，双手紧紧地插在大口袋里，神情极羞怯，城市男孩一般都很大方，何况他又跟着父亲走南闯北见过不少世面。我觉得这个小男孩真有些特别。

“他妈妈前年病故了，所以他就穿得不伦不类的。”工程师无奈地苦笑一声。“我太忙。”

“你叫什么？”失去了母亲的孩子更让人怜爱。我伸手想把他拉到身边，他却被电击似的倒退一步，偎依着爸爸。

“他叫黄涛。”父亲略带歉意地代答。

我把他安排到第三排，和班长李薇同桌。李薇是班里头号大方泼辣的女孩子，也许会感染他沉默寡言的性情。可是，第二节课我一进教室，李薇就举手报告：“老师，黄涛占我的位子！”

果然，黄涛静静地坐在左边的位子上，盯着课桌。好个霸道的孩子可又没有霸道里常含的匪气。

“你先坐在右边吧。”我对李薇说。李薇困惑而气愤地看着我，她也许不明白一向是非分明的老师怎么突然这么没有原则？其实我也不知道自己为什么要这么做，只是直觉总有些特别的理由。

做练习的时候，我恍然大悟：黄涛在用左手写字。学生们也很快发觉了，纷纷把目光转向黄涛，轻轻地议论着。黄涛的头越来越深地埋了下去。

“大家不要奇怪，有人善用右手写字，有人善用左手写字，用左手写字的人虽然非常少，但和大家一样是正常的，请大家专心做题。”

教室里慢慢静下来。放学后，我留下黄涛单独谈话。

“你从小就用左手写字吗？”“嗯。”“你写字时为什么不用右手压住本子的另一边呢？那样本子不会移动。”“我有压尺。”他固执地说。“用手更方便些，长着右手不是让用的吗？”我有点生气。他低下头，不说话。

一个课间，学生做完操之后，我正回办公室，李薇气喘吁吁地赶上来：“老师，黄涛和别人打架了！”“为什么？”“不知道。做完操后，黄涛和几个男生呆在教室里，不知怎么就打起来。我听见有人喊‘黄涛没右手！’”

我飞奔到教室，黄涛满面泪痕地和几个男生一起厮打，见我进来，男生们都停下来，黄涛趁机狠狠地用拳头砸着。

“住手！”

黄涛置之不理，仍然挥动着拳头。我抢上前抓住他，喝道：“你还有没有纪律？”

“我不想上学了。”他冷漠地说。“为什么？”“我不想让人拽着我的袖子研究我有没有右手！”他大吼一声，跑出了教室。

下午他没来上课。我拎着他的书包来到东方玻璃厂，找到他的家。开门的是黄工程师。

“老师……”他欲言又止。

“我想知道黄涛的右手是怎么回事。”

“其实我早该告诉你的，可他不让。他小时候，我常带他去工地玩耍，一次意外事故中，他失去了右手。为此孩子变得十分敏感和自卑。我们转了不少学，最后索性不上学，在家自学。因为，他受不了别人的同情和嘲笑——他太要强了。来到这儿时他也不愿上，我想农村学生厚道，不会惹什么事儿，才硬送他来，可没想到又……”

“为什么不上特殊教育学校？”

“他不愿意，他说自己不是残废。”

我心里一热：“他在哪儿？”

黄涛打开门。慢慢挪出来，呆滞地看着我。

我拿出书包：“我来给你布置一下今天的作业。”

一连两天，我让那几个打架的男生去黄涛家道歉。第三天，黄涛来了。过了一段日子，黄涛慢慢和同学们亲近起来，有一天，居然敢用左手和男生们掰手腕了。胜利之后，他笑得很开心——毕竟还是一个孩子啊。在课堂上也敢举左手回答问题了。有时候我不叫他，他还把手举得高高的，一脸焦虑。

可我心里一直放不下他袖子里的那只右手。我知道，让他有勇气举起左手，只是给他的精神一种保护一种抚慰，能使他有胆量举起那只无掌的右手，才意味着真正的灵魂的跃进。

那天，我讲解着单元测试。因为事先检查过，我知道黄涛做得很好。黄涛果然举起了手。我一直不叫他。问题快回答完了，我还是没叫他。

最后一道是最难的。只有黄涛举起了手。我看着他，不做声。

“老师，我会！”他急得喊了出来。

“黄涛和别的同学一样，举起你的右手！”

黄涛怔住了。全班一片寂静。

“黄涛，举起你的右手。”

黄涛的泪水慢慢蓄满了眼眶。

“老师，他没有右手。”李薇怯生生地提醒我。

“举起你的右手。”

终于，黄涛慢慢举起了那只袖管套着的手臂。

大家听着，黄涛什么也不缺，他也有右手，他的右手和你们的一样有请求回答问题的权利。黄涛记着：“不要隐藏你的右手，只有举起你的右手，你才有可能站起来！”

一年之后，黄涛又转学了，从他的信里我知道，他在入团仪式上举起了右手，在所有表决他意志和心愿的时候，他都举起了那只无掌的右手。他说：“谢谢你们把失去的右手还给了我，我永远记着您的话：只有举起你的右手，你才有可能站起来！”

后来我还听说，他再也不穿那种长袖子的衣服了。在夏天，他和别人一样穿着 T 恤衫和短袖衣服。

我和橘皮的往事

◎ 梁晓声

多少年过去了，那张清瘦而严厉的，戴六百度黑边近视镜的女人的脸，仍时时浮现在我眼前，她就是我小学四年级的班主任老师。想起她，也就使我想起了一些关于橘皮的往事……

其实，校办工厂并非是今天的新事物。当年我的小学母校就有校办工厂。不过规模很小罢了，专从民间收集橘皮，烘干了，碾成粉，送到药厂去。所得加工费，用以补充学校的教学经费。

有一天，轮到我和我们班的几名同学，去那小厂房里义务劳动。一名同学问指派我们干活的师傅，橘皮究竟可以治哪几种病？师傅就告诉我们可以治什么病，尤其对平喘和减缓支气管炎有良效。

我听了暗暗记在心里。我的母亲，每年冬季都被支气管炎所苦，经常喘作一团，憋红了脸，透不过气来。可是家里穷，母亲舍不得花钱买药，就那么一冬季又一冬季地忍受着，一冬季比一冬季气喘得厉害了。看着母亲那种痛苦样子，我和弟弟妹妹每每心里难受得想哭。我暗想，一麻袋又一麻袋，这么多这么多橘皮，我何不替母亲带回家一点儿呢？

当天，我往兜里偷偷揣了几片干橘皮。

以后，每次义务劳动，我都往兜里偷偷揣几片干橘皮。

母亲喝了一阵子干橘皮泡的水，剧烈喘息的时候分明的减少了。起码我觉着是那样。我内心里的高兴，真是没法儿形容。母亲自然问过我——从哪儿弄的干橘皮？我撒谎。骗母亲。说是校办工厂的师傅送给的。母亲就抚摸我的头，用微笑表达她对她的一个儿子的孝心所感受到的那一份儿欣慰，那乃是穷孩子们的母亲们普遍的最由衷的也是最大的欣慰啊！

不料想，由于一名同学的告发，我成了一个小偷，一个贼。先是在全班同学眼里成了一个小偷，一个贼。后来是在全校同学眼里成了一个小偷，一个贼。

那是特殊的年代。哪怕小到一块橡皮，半截铅笔，只要一旦和“偷”字连起来，也足以构成一个孩子从此无法刷洗掉的耻辱，也足以使一个孩子从此永无自尊可言。每每的，在大人们互相攻讦之时，你会听到这样的话——“你自小就是贼！”——那贼的罪名，却往往仅由于一块橡皮，半截铅笔。那贼的罪名，甚至足以使一个人背负终生。即使往后别人忘了，不再提起了，在他或她内心里，也是铭刻下了。这一种刻痕，往往扭曲了一个人的一生，改变了一个人的一生，毁灭了一个人的一生。

在学校的操场上，我被迫当众承认自己偷了几次橘皮，当众承认自己是贼。当众，便是当着全校同学的面啊！

于是我在班级里，不再是任何一个同学的同学，而是一个贼。于是我在学校里，仿佛已经不再是一名学生，而仅仅是，无可争议地是一个贼，一个小偷了。

我觉得，连我上课举手回答问题，教师似乎都佯装不见，目光故意从我身上一扫而过。

我不再有学友了。我处于可怕的孤立之中。我不敢对母亲讲我在学校的遭遇和处境，怕母亲为我而悲伤。

当时我的班主任老师，也就是那一位清瘦而严厉的，戴六百度近视镜的中年女教师，正休产假。

她重新给我们上第一堂课的时候，就察觉出了我的异常处境。

放学后她把我叫到了僻静处，而不是教员室里，问我究竟做了什么不光彩的事？

我哇地哭了……

第二天，她在上课之前说："首先我要讲讲梁绍生（我当年的本名）和橘皮的事。他不是小偷，不是贼。是我叮嘱他在义务劳动时，别忘了为老师带一点儿橘皮。老师需要橘皮掺进别的中药治病。你们再认为他是小偷，是贼，那么也把老师看成是小偷，是贼吧！”

第三天，当全校同学做课间操时，大喇叭里传出了她的声音。说的是她在课堂上所说的那番话……

从此我又是同学的同学，学校的学生，而不再是小偷不再是贼了。从此我不想死了。

我的班主任老师，她以前对我从不曾偏爱过，以后也不曾。在她眼里，以前和以后，我都只不过是她的四十几名学生中的一个，最普通的最寻常的一个。

但是，从此，在我心目中，她不再是一位普通的老师了。尽管依然像以前那么严厉，依然戴六百度的近视镜。

在“文化大革命”中，那时我已是中学生了，没给任何一位老师贴过大字报。我常想，这也许和我永远忘不了我的小学班主任老师有某种关系。没有她，我不太可能成为作家。也许我的人生轨迹将彻底地被扭曲、改变，也许我真的会变成一个贼，以我的堕落报复社会。也许，我早已自杀了。

以后我受过许多险恶的伤害。但她使我永远相信、生活中不只有坏人，像她这样的好人是确实存在的……因此我应永远保持对生活的真诚热爱啊！

感谢阳光

罗　西

大学的第一个寒假，我没回家，因为有一件事困扰着我。

一天下午，一个人仰躺在青黄相接的操场上，四周是黑色的 400 米环形跑道。偌大的操场上，一个人静静踱于午后的阳光里，似乎有片刻的逍遥。用一本杂志盖着自己的脸，便感到冬天的阳光有一种令人想入非非的温暖。

之后，来了一个老人。

实际上，他在慢跑，他跑了一圈又一圈，每跑到我附近，都伸出手指向我示意，比如，第一圈伸出大拇指，第二圈伸出食指与中指，呈“V”（胜利）状。

挺好玩的一个老人。

当时，我心里这么想，便坐了起来，为他呐喊助威。

最后，他有点气喘地坐在我身边。他是一个已退休的老教授，我们谈了很多，我还不失时机地“表扬”他一生功成名就。

“我现在最骄傲的，不是什么成就，而是坚持跑步，是健康，我已 90 岁了，是全国十大健康老人……”老人乐呵呵地向我“汇报”，而不是好为人师的那种“语重心长”。

“我现在什么也没有。”我说。

“错了，你拥有这片阳光！”老人随意地说，然后拍拍屁股就回去了，硬朗的身子沐浴在阳光中。

几年过去了，我常常想起那位“健康老人”。每一个人，每一个时节，都有具体的拥有与骄傲。重要的是，你是否有心肯定它，挖掘它，强化它。在那个沉重的下午，原来飘逸的阳光就是我最美的风景，就是最贴心的呵护与抚慰，甚至我都享受了，却不知道好好珍惜，更不懂得把那份亮丽与温暖化为一种心灵的光辉，一种生命的流韵。是老人平白与自然的语言，启发我发现身上的阳光，其实也是生活的阳光。

前不久，与著名心理学家彭先生交谈，一位七十多岁的老人，仍健硕达观，甚至喜爱拳击运动。当时，他谈过这么一句话：“人都有难看的时候，比如蹲毛坑；但也都有好看的时候，比如微笑。”

其实，在我们感叹命运不公平，人生不如意的时候，是不是也想到另外一面；时光是公平的，哪一个人又能真正做到万事如意？比如人都有老去的一天，但余秋雨先生却说：“没有皱纹的祖母是可怕的。”人老时，都要经历皱纹。达观而健康的老人，会把皱纹当作一种深刻与成熟的标志。而年轻的我们却因为没有皱纹，而沾沾自喜，并以此宣告美丽与五彩缤纷的憧憬。

北欧的挪威，每年很少见到阳光，所以有阳光的天气里，那一天肯定放假，他们有一句话叫做：“今天天气真好，我们出去玩！”美国洛杉矶大地震后，很多人想迁移到别的城市去，但这些恐慌的灾民们仍不忘记说这么一句俏皮话：“谁最后一个离开洛杉矶，请别忘了熄灯。”好天气有好心情，但在“不好”的情况下仍有幽默、仍有玩笑的机会。而这一切，你能好好把握吗？

一天，小外甥女小濛濛从幼儿园回来，高兴地对我说：“我有一个秘密！”问她是什么秘密，她故弄玄虚，头一歪：“不告诉你。”便又跑去告诉她姥姥……后来，听妈妈说，她所谓秘密，是发现播音员罗京叔叔的眼睛像她同座阿娇父亲的眼睛！在我们看来挺好笑的，但在小外甥女心目中，那一天，她最快乐的阳光，便是这么一个小小的“秘密”。

生活仍在继续。

我们不仅要学会寻找目标，达成理想，别忘了，还要学会发现、珍惜和感谢阳光——每一刻的阳光及心灵的阳光。一个拥有阳光的人，永远不会心黑，也永远不会怕黑。

常忆偷钱买书读

◘ 苏德平

我从父亲写来的家书中得知，父亲在整理老屋的阁楼时，已将从上面清理下来的我与哥哥的读书时的各种课本及三百多本小人书（连环画）全部卖给了废品店。我不禁对失去那些小人书感到心痛。要知道，正是那三百多本小人书，丰富了我的少年生活，并给了我知识和欢乐，激发了我自小就热爱文学的情怀。可以这样说，我今天之所以能拿起笔流畅地写出一篇篇文章，全凭那时读小人书打下的文学基础。当然，还有一个重要的原因就是，那三百多本小人书都是我用"心"偷来的呀！

1980 年我读小学三年级时，我同桌的父亲在邻县的一个小镇学校教书。每逢星期天，其父都要带几本小人书回来给他看。作为同桌与好朋友，我在这方面沾了他不少光。由于那时没有电视看，也很难见到其他的课外读物，看小人书便成了乡下孩子开眼界长知识的特殊途径。由于那时大多数乡下人家的生活都十分拮据，小人书虽只有一两毛钱一本，但真正舍得买或者买得起的同学寥寥无几。看小人书在乡村孩子的心目中成了一种莫大的享受。自然，我的那位同桌便成了班上的明星和焦点。为了能得到他的“恩典”与“赏赐”，同学们都极尽所能去巴结、讨好他。由于我的特殊身份，我自己也成了其他同学羡慕的对象，为了回报他，我便常常帮他抄写作业。《金田起义》、《李自成》、《岳母刺字》、《渡江侦察记》等故事和英雄人物就是从那时走进了我幼小的心灵。

有一次，我正在帮他抄作业，被老师当场抓住。事后，班主任不但将我狠狠地批评了一通，还将此事告诉了那位同学的爸爸。结果吃了一顿巴掌的同学便迁怒于我。怪我“办事不牢”，以后再不肯借书给我看。有时他有了新书还要故意气我，别的同学都借得到，就是不肯借给我看。我的自尊心受到了严重的伤害。有时，我被读书欲望煎熬得难以忍受，只好跑到大队代销店里去“解馋”，透过柜台玻璃看摆在里面的图书封面，并想象着里面的故事。然而这样做不但没能解馋，反而起到了推动作用，使我想读到内容的心情更加迫切。年少而求知若渴的我终于抵不住书的诱惑，将主意打到了“偷”字上——偷钱买书！

那时，我父亲是生产队保管员，专门保管队上的钱物。因此，我家那个长条桌中间的抽屉便成为父亲存放钱和票证的所在。每次看见父亲在抽屉里放钱、取钱、数钱、我多想让父亲给两毛钱买书看，但终究不敢开口。要知道，那时一本小人书虽是一两毛钱，但那时的猪肉才一块钱一斤。更何况那体弱多病的母亲要常年打针吃药，哥哥又正读高中，家中一分一厘全靠父亲一人攒。记忆里，“小气”的父亲从没给过我零花钱。

明里要不敢要，就只有“偷路一条”了。我发现，父亲每次锁上抽屉后，只要用手一拉拉环，抽屉与桌子之间便会露出一道缝隙。此隙间可清楚地看见抽屉里的钱和票据。但手是拿不到的。受钓鱼钩的启发，我找来一根细铁丝，将一头磨尖后，弯成小倒钩，把钩从缝隙间伸进去，对准钞票刺过来，拉出来就行了。记得第一次偷钱时，心里十分紧张，加上经验不足，钩了好久才钩出一张毛票来。晚上又总担心父亲会发现破绽，心里总是忐忑不安。连续多日平安无事后，我的贼胆越来越大，手法也越来越熟。从此，我再也不用受别人的气了，只要大队代销店有我想看的书，我随时都可买下来。由于没有了精神压力和思想负担，我的学习成绩比先前更出色了，作文也常能得到老师的表扬。在我老屋的黑墙壁上，至今还贴着那时得到的“三好学生”、“作文比赛第一名”之类的大小奖状。我成了学校和家里的宠儿。

我最担心的事最终还是发生了。那年生产队年终盘点时，发现父亲手里的现金出现了六十多元的亏空。六十多元，在那年月可不是一个小数目呀，它是一个全劳力一年的分红呢！记得那时哥哥的学杂费一学期才四十多块。因此，急得父亲额头上的冷汗直冒，任他怎么拨算盘、翻票据都查不出个所以然来。那天晚饭时，一家人的心情都不安。父亲只匆匆吃了几口饭，便坐到灶前抽起了闷烟。我吃了饭，背上书包准备去隔壁伙伴家写作业。我刚跨出灶屋门，突然听到父亲在喊："德平，你回来，我问你，你那么多小人书是怎么来的？"一听这话，我吓得呆了，站在原地扑簌簌掉起了眼泪。一向温存的父亲霍地站起，跨到我面前大吼一声："你讲呀！"在母亲的开导下（并保证父亲不打我），我才吞吞吐吐把偷钱买书的事说了出来。起初，父亲还不太相信，以为我拿钱去买东西吃了。当他把那三百余本小人书价钱汇总了一下，发现六十二块八毛钱一分不少时，父亲竟抱住我蹲在地上痛哭起来："崽呀，我的崽呀，你要书看是好事，怎么就怕跟爸爸说呢？今天算账时，别人说我贪污，我连屁都没有放一个呀！"父亲的几句话至今想起来都让我鼻酸不已。是呀，为人老实、秉性正直的父亲最憎的就是被人指背，更何况是当面吐脸呢！父亲虽当时并没有打骂我，但这事让我内疚一生。

如今，在南方这片热土上，我已拥有了一份满意的工作和薪水。现在我再不需要绞尽脑汁去偷钱买书看了，我完全有能力买一切我所中意的书来读。然而，那段偷钱买书读的少年时光，让我终生难忘。

圣诞节，快乐的一天

浅　浅

盼望已久的日子终于到了，我激动得心里像揣着一个活蹦乱跳的小兔子，高高兴兴地和爸爸、妈妈来到一家购物公园。

哇塞，太美了！一下车，我就被奇特的景象迷住了，简直就像一个美丽的童话世界：最上面的布景像仙境一样的祥云和各种吉祥物；下面更是让我看得眼花缭乱，各种各样漂亮的小房子，上面覆盖着一层厚厚的白雪，每个小房子前都有高低不同的圣诞树，每棵圣诞树上都挂满了五颜六色、大小不一的彩球，以及用小盒子包装好的圣诞礼物。这时我听到’咔嚓、咔嚓“的拍照声，回头一看，无数个照相机、手机都举起来了，看来大家都想把这美好的时刻记录下来。当然，爸爸也不例外，他把我那兴奋、惊喜的表情都拍了下来。欣赏完门口的“人间仙境”之后，我们走进购物公园的大厅。

哇塞，这里的金碧辉煌让我眼前一亮，首先是中间那个放射着无数光芒的大吊灯，像水晶一样既豪华又漂亮。再就是大厅里到处张灯结彩，很多“中国结”和各种传统花灯让人感到“春节”即将来临。人们的脸上喜气洋洋，大家三五成群地购买着心仪的商品。

看完那些琳琅满目的商品，我们准备去到最吸引孩子的地方——四楼的游乐场。刚一上电梯，我眼睛又不够用了，一会看左面，一会看右面，唯恐有什么有趣儿的东西被我错过。到了四楼，爸爸、妈妈牵着我的手从左面开始逛，首先映入眼帘的是那个旱冰场。那节奏感非常强的音乐，让溜冰的人滑得更起劲了，正滑、倒滑、单排、双排，场面好不热闹，惹得围观的人都跃跃欲试了。

让人觉得更刺激的就是旱冰场旁的“海盗船”了，它在半空中像个摇篮，随着它前后摆动，上面发出阵阵尖叫声。紧挨着“海盗船”的是在空中旋转的“小飞机”，在空中转得让人头晕目眩，但也让人感到过瘾。

穿过流水潺潺的假山，就是我最喜欢的地方——制作陶泥和金粉画。许多年轻人正专心致志地把玩手中的陶泥，做出自己喜欢的东西。而那些正在画金粉画的孩子们，有的把全身弄得花花绿绿的，但他们浑然不知，还在如痴如醉地画着。

我玩得浑身是汗，需要降降温了，买完雪糕后来到了“热带雨林”休息。这里已经坐了许多人，大家一边聊着，一边欣赏着这热带风光。原以为这些树都是假的，仔细一看这些树都是真的，不由地赞叹现代科技的发达。

最后，我们来到美食广场。这里更是人山人海，大家兴致勃勃地品尝各种美味的特色小吃。仔细看看，觉得人们吃得特别有意思，有的慢慢的品尝；有的吃得满头大汗……我和爸爸、妈妈同大家一样，品尝完自己喜欢的美味佳肴后，怀着恋恋不舍的心情走出了那家购物公园。我对那灯火辉煌处挥了挥手，再见了，有时间我还会再来。

我的小学时代

◎ 谭炳法

我的小学是在石门的两所村小内完成的。1961 年，6 周岁的我背上书包跨入了小学的校门，所谓的学校只是借用了农民的一间厢房，放上几张桌子和几条板凳，一块木板涂上黑板漆而已，三复式的班级容纳了四十多位学生，教室的后边 15 平方米左右的房间既是老师的办公室也是老师的卧室，办学条件非常简陋。我在这样的学校里读到了小学四年级，五、六年级是在另一所小学读完的，这是一个完小，每个年级有一个独立的教室，但校舍桌椅也比较破旧。

老师们工作条件十分艰苦，但事业心很强，一年四季吃住都在学校，既要教语文算术，又要教音乐美术体育，一人教三个年级（三复式）的所有课程，晚上备课批改，星期天还要到学生家里家访。那时的老师和学生几乎整天都在一起，冬天的早上，与我们一起跳绳热身，玩老鹰捉小鸡的游戏，夏天与我们一起捉知了找乐趣，并且有几次还带我们到河里去游泳，师生感情非常好，我们大家也很听老师的话。每天放学以前，老师还总要讲故事给我们听，我们好多同学对听故事算是上了瘾，因此，也使原来不想读书的学生不得不每天到学校来。老师的故事使我们明白了很多做人的道理，同时，也使我们逐步喜欢上了看书和学习。我就是因为喜欢老师讲的故事，又不满足于每天这几分钟的故事，从向老师借故事书开始，逐步喜欢上看书的。到小学毕业时，我已经喜欢阅读长篇小说，逐步养成了读书的习惯。

我们的小学没有电子琴和运动场地，音乐美术和体育老师也不是专职的，但老师的教学却是十分认真，特别是为了同学们能参加“六一”儿童节的文艺演出和中心校的运动会有个好成绩，都要进行很长时间的准备，并且每次活动，学生的参与面都很广，几乎每个学生都要参与。我虽然在文艺和体育方面比较弱，但对参加演出和运动会比赛往往要激动相当一段时间。为了响应政府扫除文盲的要求，每个自然村里都办了夜校，老师鼓励我们积极参加夜校的扫盲教学工作，我们几个同学很感兴趣，白天做学生，晚上像模像样地做起了小先生，我可能也是从那时开始有了做老师的感觉。“文革”串联刚开始，老师也积极鼓励我们走出去见世面，我们班上的 5 位小学生，背起行囊，独自开始了徒步拉练。

后来，我上了中学和大学，参加工作后又接受了很好的教育和培养，但是，我深切地感受到，很多的做人的道理是在小学学到的，良好的行为习惯是在小学养成的，看书和学习的能力是在小学开始逐步形成的，吃苦耐劳和勇于进取的精神是小学老师教给我的。我十分留恋我的小学时代，由衷地感谢我的小学老师对我的培养和教育。

每一个脚印都是你自己走的

◎ 陈文海

6岁那年，他得了种怪病：肌肉萎缩，走路时两腿无力，常常跌倒，且每况愈下，直至行走越发困难。

他父母急坏了，带他走遍了全国各地有名的医院，请无数专家诊疗，甚至动过让他出国治疗的念头。

每一家医院的结果都一样——重症肌无力。专家说，目前此病只能依靠药物并辅以营养搭配与身体锻炼来调节。

他的生活从此变得不同于常人。

上小学了，他开始了自己的苦恼。他家离学校很近，正常孩子十多分钟便能走完的路程，他却要花费几倍的时间才能到达。

9岁那年的冬天，一个下午，天气骤变，随后便雪花飞舞。到放学时，路上已是厚厚的一层雪。

很多家长赶到学校来接孩子。他想自己腿脚不方便，雪又这么大，爸妈一定会来接的。他站在校门口，等着。直到孩子都被家长接走了，也未见到自己的父母。他的焦急变成了伤心。爸爸妈妈为什么不疼爱我？工作再忙也得想到我呀？他有泪在脸上蜿蜒。终于，他吸了一口气，咬咬牙，迎着暮色，踏上返家的路。这一段路途走得实在艰难。不知摔了多少跟头，也不知走了多长时间。委屈、恐慌、愤怒交织在一起。他想等到了家里，父母不管说什么理由他也不会理他们。此时，他恨极了父母。

终于，他蹒跚到了家门口。让他没想到的是，眼含热泪的爸爸急急地跑过来为他开了门。随后，他那掩面痛哭的妈妈一下子扑上来，紧紧地、紧紧地抱住了他。一家三口哭成一团。许久，哭红眼睛的妈妈无比怜爱地摸着他的头，对他说：“孩子，你回头看一看，那路上的每一个脚印都是你自己走的。今天，爸爸妈妈真为你感到骄傲与自豪，在你以后的生活中，肯定会遇到许许多多的困难。如果都能像今天这样顽强地走过来，那你将永远是爸妈心中最有出息的孩子，是最棒的男子汉。”

他是我的学生，告诉我这件事的时候，已是个 14 岁的少年，须借助拐杖才能走路，但他很乐观。他说，永远忘不了那个冬夜傍晚的一幕，牢牢记得妈妈跟他讲的话“每一个脚印都是你自己走的”。是这句话，让他在后来乃至将来的生活中树立起强大的信心，让他敢于面对一切困难。他说这些话的时候，坚毅的目光透着同龄孩子少有的刚强。

是的，每一个脚印都是你自己走的。人生的旅途中，父母只能陪伴你一程，更多的艰难险阻需自己去克服。而一个人所拥有的信念与决心是支撑你的人生，清除你前进路上每一处荆棘、坎坷的最强有力的法宝。

父母对子女的爱，并不都是轰轰烈烈，有时它就隐藏在某一个细微处，需要你用一生来品读，用一生去求证。

喊您一声"母校"

◎佚　名

寒来暑往，年复一年，母校见证了一届又届莘莘学子的足迹。光阴流逝，母校已然走过了50个春夏秋冬，在母校生活学习的点点滴滴已成为我们心中一段段抹不去的记忆，深深的烙在我们的心中。我们在她滋润中成长，我们在她的哺育下成熟，我们在她的带领下走向成功。而今我们心中有的是无限留恋和感激。

喊你一声"母校"，我们聆听着。学校内到处花草树木，绿荫环绕，不论是春夏秋冬，都有勤奋的学子在绿荫下、石凳边、草丛中，消遣、娱乐、学习。听他们的脚步声，急促而紧张，那是在奔向教室；听他们琅琅的书声，声声入耳；听他们的笑声，爽朗而青春。

学校的后花园中，在中央的地方有一块巨大的石头，上书

“天道酬勤”四个醒目的大字，它时时刻刻提醒着来来往往的学子们，不要放弃，勤奋必会有收获，它与教室内、走廊上的名人名言交相辉映。在综合楼的下面有几棵苍天大树，这些树几乎与楼顶平齐，其中一棵，也是正中的一棵，树干须有三四个人才能合抱，这几棵树想必也该有几十年的历史了吧。树的存在，见证了学校发展的历史；树的存在，见证了学子的成长与成功；树的存在，也告诉我们“十年树木，百年树人”的道理。学校内的苗圃中更是有许多珍贵植物，据说里面曾培养过无数成功的研究生物的学子，也让我们增长了不少的见识。学校的生物标本室更让我一见难忘，其中有许多珍贵的标本，栩栩如生。同时，学校的实验室配置完善，也可以说是在我们这个地区数一数二。虽然母校比起其它的学校来略显狭小，但这也更增添了它的几分秀气和精致。

喊你一声“母校”，我们感受着。我们无时无刻不在体验着老师无微不至的关怀和爱岗敬业的精神。老师们热爱自己的学生，师生间关系融洽。或许学生的幼稚，或许学生的冲动，有些事情得不到完美的结局，但老师总是会耐心细致的教导我们，让我们珍惜时光，不要放弃。毕竟人无完人，世界上也没在永远的老师与学生，只有相互之间的学习与进步，所以老师也在不断完善，有时对于某些问题或是为了跟上时代潮流，老师也会向学生请教。师生之间，相互学习，取长补短，在这里我们处处感受着老师的谦虚，感受着老师的敬业，感受着老师的教诲，师生的友谊与和谐溢满了整个校园。

喊你一声“母校”，我们诉说着。每个人都有着不同的看法、想法。但大家对学习都是勤奋努力。我们每天诉说着，向母校诉说，向老师诉说我们的成长，诉说我们的成功，诉说我们的进步，诉说我们的奋斗，诉说我们的志向。我们必须认真学习每一天，过好每一天，珍惜每一天。因为我们深知，成绩与成功、付出与获得是对母校和老师最大的回报，因而我们不能有一丝的懈怠。我们说老师、我的母校，我们会踏踏实实走好每一步，直至成功的彼岸，我们会时刻坚守信念，因为我们也知道成功就在不远处。

喊你一声“母校”，我想说的，说也说不完，道也道不尽，因为我对你有着太多的回忆与感激，你给我们的、教我们的太多太多……

唯有少年心

昝圣骞

整理书柜时，在角落里发现一旧课本，我有些好奇地想看看。伸手一拿竟感觉有点阻力，于是稍微用力把它从书柜壁上揭了下来，只听得“刺啦”一阵响。

捧在手中，我慢慢地抚摩着它的苍老。天青色的封面泛灰得厉害，边角都磨成了弧型，秃得盖不住下面的书页。封底已经没有了，两根锈了的书钉还在坚持。几道灰白的摺痕上，模糊的“昝圣骞”三个字告诉我，这是我 10 岁读初中二年级时用过的语文课本。

我一直认为，自己比同龄的孩子少了许多童年的乐趣。因为父母急盼着我的成才，5 岁时就把我送进了妈妈担任校长的小学里。那时的农村小学还是五年制，10 岁小学毕业已经不慢了。但妈妈还是嫌慢，于是又跳过了四年级，最后以小学的年龄上了初中。正常学龄孩子的童年是随着小学毕业而毕业的，而我的童年却一直延伸到了初中。

看着10岁时读过的课本，翻开它吧，我对自己说，去找一找童年的踪迹。

长期被挤压在柜壁上，书页间已没了空气，很实在，也变得难以翻动。我尽量温柔地慢慢捻开相邻的两张，缓缓掀起，再轻轻放下，无声无息，全然没有翻动新书时“哗哗”的响。我不敢用力，却又很想唤醒一篇篇记忆深处的文章，唤醒熟睡已久的、9年前的心。一页页翻下去，仿佛是走进一片宁静的大海，波澜不惊。9年，竟让一本书也厚重了、成熟了。

穿过了《白杨礼赞》，望见了《背影》，看到了《杨修之死》……他们都被我打上了儿时的烙印——空白处密密麻麻都是字，有的甚至就压在课文上。小小的年纪学那样的经典，只知道把老师讲的内容赶紧写下来。我还记得，当时是很在意有没有把老师的讲解完整记下来，所以也不管盖没盖上课文，只是急速地写。我那时大概属于“好读书，不求甚解”的那类学生吧，对课文基本上就是囫囵吞枣，只是在用一片片、一行行稚嫩而工整的文字，向老师、向父母、也向自己证明：我看过了，我学过了。其实到了现在对这些课文仍然愚钝得很，何况那时年幼呢？

“人的一生应当这样度过：当回首往事的时候，他不会因为虚度年华而悔恨，也不会因为碌碌无为而羞愧；临死的时候，他能够说，我把一生都献给了世界上最壮丽的事业——为人类的解放而斗争。”那时哪里懂得这些文字的含义和深邃？老师说好，就用打着圆圈的线画了出来，当堂背得滚瓜烂熟却也不认为有多好。

当众朗读，是那时语文课上的一大快事，务必读得抑扬顿挫，神采飞扬，不破句不倒句，以博得同学的羡慕，老师的赞许。童年就是这样一个痛快的年纪，展示自己不会被说成“出风头”，投入感情也没人认为是“做作”。我的朗读一向很好，又少年不知“羞”滋味，所以在一群很“老成”的学生中，我很容易争取到读书的机会。但有多少次“眉色飞舞”的朗读，我已经不记得了，印象颇深的倒是两位老师的朗读。

“Ade，我的蟋蟀们，Ade，我的覆盆子们和木莲们……”这是一位吴姓老师的朗读，语调里淡淡的忧伤和略带忧郁的眼神，我直到现在还记忆犹新。

“岂有这样放屁的事！打死人命就白白地走了，再拿不来的！”疾言厉色、煞有介事。我记住了这位姓潘的语文老师，也记住贾雨村的虚伪。

手里这册旧课本与案头的书相比，最明显的区别就是写在书中的字迹的颜色了。小时候对红颜色的字十分敬畏，全然不似现在，随手“朱批”。那个时候总认为红笔代表了正确，代表了辈分，代表了学问，是老师、父母才能用的。记得在学生中间还有这样的说法：学生用红笔是对老师的不敬；不能用红笔写人名。敬畏之余，更多是羡慕，希望自己快点长大，这样就可以自由自在地用红笔了。现在大了，这个愿望彻底实现了。所看之书，随手的圈划批注都是红笔，内容也都是自家之言了。相比规规矩矩、老成持重的蓝、黑色，红色自然显得醒目许多。

纸上醒目换种颜色就行，人生的醒目就没这么容易了。

忽然想在这语文书里找找自己年少顽劣的痕迹，想我以前哪里是个能在板凳上安安稳稳一坐40分钟的孩子！果然找到了，一看忍不住笑出声来。那是画在页脚的一幅简笔画，简单到画中仅有的两个小人全由不规矩的圆和歪歪扭扭的线组成。我会心地向后翻去，果然连续十几页都有。一页页单独看，是看不出个所以然的；连续翻过去，人物就都活了。内容是两个武林高手过招，有持流星锤的，有舞狼牙棒的，还有在远处发气功的。翻着、看着，耳边犹闻打斗声。

在课本的方寸之地，在40分钟里，忙里偷闲，上演一场场孩童心中最最简陋的功夫戏，也算是老师眼皮底下的最快活的童年了。

童年依依，惜我往矣，童心邈邈，今我来思。

想起宋人章良能的《小重山》："旧游无处不堪寻，无寻处，惟有少年心。"

远去了，母亲放飞的手

刘心武

从1950年到1959年，我8岁到17岁。家里平时就我和母亲两人。回忆那10年的生活，母亲在物质上和精神上对我的哺育，都是非同寻常的。

物质上，母亲极不重视穿着，对我亦然，有得穿就行了；用的，如家具，也十分粗陋。但在吃上，那可就非同小可了，母亲做得一手极地道的四川菜，且不说她能独立做出一桌筵席，令父亲的那些见过大世面的朋友交口称赞，就是她平日不停歇地轮番制作的四川腊肠、腊肉等，也足以叫邻居们啧啧称奇。有人就对我发出警告：“你将来离开了家，看你怎么吃得惯啊！”但是母亲几乎不给我买糖果之类的零食，偶尔看见我吃果丹皮、关东糖之类的零食，她总是要数落我一顿。母亲坚信，一个人只要吃好三顿正经饭，便可健康长寿，并且那话里话外，似乎还传递着这样的信念：人只有吃“正经饭”才行得正，吃零嘴意味道德开始滑落——当然很多年以后，我才能将所意会到的，整理为这样的文句。

母亲在饮食上如此令邻居们吃惊，被一致认为对我的“娇惯”和“溺爱”。但跟着还有令邻居们吃惊的事，那就是我家是大院中有名的邮件大户。如果那几十种报刊都是我父亲订的，当然也不稀奇，但我父亲其实只订了一份《人民日报》，其余的竟都是为我订的。就有邻居大妈不解地问我母亲：“你怎么那么舍得为儿子花钱啊！你看你，自己穿得这么破旧，家里连套沙发椅也不置！”母亲回答得很坦然：“他喜欢啊！这个爱好，尽着他吧！”

1959 年，我被北京师范专科学校录取，勉勉强强地去报了到。我感到“不幸的万幸”是，这所学校就在市内，因此我觉得还可以大体上保持和上高中差不多的生活方式——晚上回家吃饭和睡觉。我满以为，母亲会纵容我“依然如故”的那样生活。但是她却给我准备了铺盖卷和箱子，显示出她丝毫没有犹豫过。母亲不仅把我“推’’到了学校，而且，也不再为我负担那些报刊的订费，我只能充分地利用学校的阅览室和图书馆。

1960 年春天，有一个星期六我回到家中，一进门就发现情况异常，在准备搬家似的……果不其然，父亲奉命调到张家口一所军事院校去任教，母亲也随他去。我呢？父亲和母亲都丝毫没有犹豫地认为，我应当留在北京。问题在于：北京的这个家，要不要给我留下？如果说几间屋都留下太多，那么，为什么不至少为我留下一间呢？但父亲却把房全退了，母亲呢，思想感情和父亲完全一致，就是认为在这种情况下，我应当开始完全独立的生活。父亲迁离北京的那周的星期六下午，我忽然意识到我在北京除了集体宿舍的那张上铺位，再没有可以称为家的地方了！我爬上去，躺到那铺位上，呆呆地望着天花板上的一块污渍，没有流泪，却有一种透彻肺腑的痛苦，难以言说，也无人可诉。

1966年春天，我在北京一所中学任教。就在那个春天，我棉被的被套糟朽不堪了，那是母亲将我放飞时，亲手给我缝制的被子。它在为我忠实地服务了几年后，终于到了必须更换的极限。于是我给在张家口的母亲写信要一床被套，这对于我来说是自然到极点的事。母亲很快寄来了一床新被套，但同时我也就接到了母亲的信，她那信上有几句话我觉得极为刺心："被套也还是问我要，好吧，这一回学雷锋，做好事，给你寄上一床……"睡在换上母亲所寄来的新被套里，我有一种悲凉感：母亲给儿子寄被套，怎么成了"学雷锋，做好事"，仿佛是"义务劳动"呢？现在我才醒悟，母亲那是告诉我，既已将我放飞，像换被套这类的事，就应自己设法解决。她是在提醒我，"自己的事要尽量自己独立解决。"

母亲将我放飞以后，我离她那双给过我无数次爱抚的手，是越来越远了，但她所给予我的种种人生启示，竟然直到今天，仍然能从细小处挖掘出珍贵的宝藏……谁言寸草心，报得三春晖！

我的校园生活

◎佚　名

每一个人心中都有一种美好的事物，它点缀着我们的人生之路。在大家心中，它可能是一束束的鲜花，一缕缕的阳光，也可能是一句句暖暖的祝福。但是在我心中它却是我的校园生活，它在我苍白的人生路上渲染出了一路的青天。

童年的桃花总是灿烂的，童年的日子是不知忧愁的，校园生活是纯真的。一颗颗跳动的心，一张张洋溢着青春气息的笑脸，真挚的我们编织着那曲动人的歌。

每当老师飒爽的英姿出现在三尺讲台上的时候，我们的心随着老师一起在知识的海洋里遨游，在另一个世界里感受新鲜的阳光、去领略异国的风情，一起去长篇大论怎样去体验。课间是愉快的，到处传来一片灿烂的笑声，师生之间的友爱与尊敬化成一串串音符在空气中飘动，大家的心都在欢跳着。天涯地角有终时，只有师恩无尽处。每当我遇到挫折，因考试失败而苦闷时，老师像一盏明亮的灯具挂在我无助的灵魂前教导我督促我做生活的强者，因为胜利的喜悦只属于生活的强者。

友谊是生命的灵魂，心灵的灯塔，我的校园生活是甜蜜的。因为我的生活中有一张张熟悉的面孔；一个个甜甜的微笑；一句句暖暖的祝福与问候。在我们成功的日子里，我们欢呼着，一起分享每一份成功的果实；一起用快乐的音符奏响心灵的乐章。我们同风同雨同悲同乐。每当听到小鸟的欢歌，树叶的沙沙声时，我的心越来越充实。踏着脚下的小草漫步，我的烦恼随着漫步消失在花丛里，一切都是那样自然，一切都是那样舒服。

我的校园生活似一条潺潺流淌的小溪，它欢快地奔流着，时时泛起一朵朵晶莹的浪花。仰首是春，俯首是秋，月圆是画，月缺是诗。我的校园生活在无声的岁月中为我点缀了一幅幅人生的画面，使我的人生路上充满欣喜与充实。

岁月有痕，让岁月留下我对校园生活的爱痕。也愿每个人心中的鲜花更鲜；愿每个人中的阳光更灿烂；愿每个人的微笑更甜蜜；愿每个人心中的祝福更暖人心。让我们带着心中的一切在这片碧海蓝天下去拼搏，去奋进，去打造我们人生中的最亮点，去开创我们美好的明天。

弯弯腰，拾起你的尊严

◎ 杨光金

七十多年前，一位挪威青年男子漂洋来到法国，他要报考著名的巴黎音乐学院。考试的时候，尽管他竭力将自己的水平发挥到最佳状态，但主考官还是没能看中他。

身无分文的青年男子来到学院外不远处一条繁华的街上，勒紧裤带在一棵榕树下拉起了手中的琴。他拉了一曲又一曲，吸引了无数人的驻足聆听。饥饿的青年男子最终捧起自己的琴盒，围观的人们纷纷掏钱放入琴盒。

一个无赖鄙夷地将钱扔在青年男子的脚下。青年男子看了看无赖，最终弯下腰拾起地上的钱递给无赖说："先生，你的钱掉在了地上。"

无赖接过钱，重新扔在青年男子的脚下，再次傲慢地说："这钱已经是你的了，你必须收下！"

青年男子再次看了看无赖，深深地对他鞠了个躬说：“先生，谢谢你的资助！刚才你掉了钱，我弯腰为你捡起。现在我的钱掉在了地上，麻烦你也为我捡起！”

无赖被青年男子出乎意料的举动震撼了，最终捡起地上的钱放入青年男子的琴盒，然后灰溜溜地走了。

围观者中有双眼睛一直默默关注着青年男子，是刚才的那位主考官。他将青年男子带回学院，最终录取了他。

这位青年男子叫比尔·撒丁，后来成为挪威小有名气的音乐家，他的代表作是《挺起你的胸膛》。

当我们陷入生活最低谷的时候，往往会招致许多无端的蔑视；当我们处在为生存苦苦挣扎的关头，往往又会遭遇肆意践踏你的尊严的人。针锋相对的反抗是我们的本能，但往往会让那些缺知少德者更加暴虐。我们不如理智去应对，以一种宽容的心态去展示并维护我们的尊严。那时你会发现，任何邪恶在正义面前都无法站稳脚跟。

弯弯腰，拾起你的尊严！

老师，请你记住我

◎佚　名

静静的夜里，一位小姑娘在自己的小屋里忙碌着。

灯光下的她是那么专注，一手拿着一条淡绿色的手绢，一手拿着绣花针，认真地绣着，额头上渗出了密集的汗珠。她绣着绣着，想起了白天劳动课上老师布置的作业：每人回家绣一条手绢，明早带来，希望每个人所绣的手绢都能烙在老师的脑子里。“哎哟！”原来她想着想着走了神，手指给针扎了。她吹了吹手指，又绣了起来。“当、当、当……桌上的老座钟敲了10下。“梅，时间不早了，快睡吧！”从里屋传来了声音。“知道了，妈。”她嘴里虽这么应着，可手还没有停下。她又想，如果老师能够表扬我那该多好啊！

想着，绣着……也不知过了多久，终于绣好了。她看了看这条手绢，简直不敢相信自己的眼睛，多么美丽的图案啊！上面绣着粉红色的荷花，碧绿的荷叶上面还有两颗露珠，配上像湖水一样的手绢，显得十分逼真。欣喜过后，她把手绢折好，小心翼翼地放进书包。她躺在床上，带着甜甜的笑容进入梦乡……

梅，一个中学生，成绩一般，长相也一般。她很文静，不爱说话，是一个普通到不能再普通的女孩子。因此，没人注意她，老师也没有关心过她，甚至至今还不知道她的名字呢。她的心愿就是得到老师的关注，使自己也能够时时被老师提起。这次对她来说，无疑是一个绝好机会。第二天早上，她怀着愉快的心情来到了班上。她急切地等待着劳动课的到来。可是时间老人似乎在刁难她，每一节课都过得那么慢。她终于熬到了劳动课。大家都把手绢放在桌上，老师踱着步子，走来走去观看大家的作品。她激动极了，在心里默念："老师，快来看我的手绢吧！"时间似流水，眼看就要下课了，可老师始终没有"光临"她的座位。她绝望了，彻底地绝望了。

突然，老师的身体一点一点地向她移来，近了，近了……她的心中又燃起了希望，心蹦到了嗓子眼上。可是，老师停住了脚步，停在了她的上一桌。就在此时，放学的铃声响了。她的心凉了，凉遍了全身。她呆呆地坐着，她的心在流泪。在她的心灵深处，她的心声在回荡：老师，您为什么不来看我的手绢？这手绢是我花了不知多少心血才绣成的，您知道吗？我也需要您的关心呀，哪怕是一句批评的话语！

老师，请您记住我，好吗？

我的中学时代

◎ 冷　涛

时光是那样无情，从台历架日趋见薄的日历页片中我意识到了这一点。只剩下三个多月了，就是说百天之后我就要告别我的中学时代了。与其说告别到不如说是永别，因为时间是不会倒流的（除非是超光速），流逝的中学时代不可能重新回到我的身边。也许从此我将永远告别学校，离开课桌……想到这些心中总有一种奇特微妙感觉，是留恋？是惆怅？此刻就连我自己也说不清楚。在紧张的应考复习中，很难有时间顾及这一切。只是在旧友相聚的畅谈中，才能回顾一下我逝去的中学时代。昔日同窗的每封来信总能唤起我无限的遐思，常常在梦中重温我中学时代生活，在梦呓中同同学们交谈。5 年的中学生活中有我的欢乐，也有我的痛苦，然而甜的总比苦的要多，遐想中我仿佛又回到了培育我初中三年的母校。

初中生活留下了我多少美丽的幻想，记录了我多少热烈的追求。在那里戴上了第一枚团徽，在那里我得到了知识之门的钥匙，从一个只知道语文算术的稚气少年成长为懂得数理化的初中毕业生；在那里，我体会出了老师的对学生的良苦用心，懂得了做人的真谛。在初中度过的3个寒暑充满着欢乐也夹杂着痛苦，我最初的梦想，就是在那里实现的，那儿是我的“百草园”。

记得当我怀着好奇的心情来到校园的时候，我失望了，它远不是我想象中的大学校所具有的那高大的教学楼，广阔的操场。展现在我面前的是一个荒凉的景象：不足二十间教室的三层小楼，比停车场大不了多少的操场，这一切对满怀希望的我不能不说是一个打击，我失望地跟着陌生的老师走进满是垃圾灰尘的教室。

劳动开始了，由于开始的印象不好，影响了我的情绪，干起活来无精打采，刷浆中我有意无意地偷懒，结果劳动结束后被老师狠狠地批了一顿。新老师可真凶，“倒霉！”入学第一天我就挨了批，给老师的印象肯定不会好。于是我恨起这个老师来了，学校似乎比原来印象中还要坏。然而这个印象在我头脑中只存在几天就烟消云散了。那是开学第三天我病了，晚上老师竟意外地和同学们一起到我家中看望，老师这一举动把我慌得措手不及，她询问了我的病后，又给我补习了当天的数学课。同来的同学又给我讲解了语文、英语。当时钟敲完九下时，她们才告辞回家。我望着老师的背影，心里很内疚，连一句客气话都忘说了。童心是很容易满足的，原先对老师的偏见这时已转为对老师的尊敬，被负疚的心情所驱使，我第二天就去上学了。至今回想起来那位可敬的徐老师，总有一股感激之情激荡着我，是她教给了我知识，从她那里我不仅学会了知识，也学会了对人的热情和直爽。春天我曾跟老师一起植树，盛夏的千山有我们的足迹，秋夜我曾跟老师一走送补课的同学回家，严冬的盛风里留下了我们打雪仗时的欢声笑语。而最难忘怀的是在夏令营中度过的那一周生活：我们瞻仰了沈阳六中周总理少年时读书的地方，“为中华崛起而读书”的大字时刻在我的头脑浮现。我泛舟于南湖，漫步于北陵，领略了大自然的秀美和祖先巧夺天工的华丽建筑。战机旁我亲耳聆听了机长叙述他光辉的战绩，高炉旁我亲眼看到了汗流浃背的工人……

我的中学时代充满了欢乐，同时也尝到了苦涩的果实。初三毕业前，我和一位最要好的同学闹翻了，他的父母在甘肃兰州，他寄居在他的外婆家，生活中我给他不少帮助，我们的关系可称如胶似膝。但最后一次争论他给了我一个难堪，我翻脸了。事后他找我谈心时我没有理他，于是我们再也没有说过话，直到他离开鞍山去兰州后我才意识到：我错了，如果能够的话，我将向他诉说我的不是，但山水相隔，我无从知道他的地址，只能把深深的歉意留在心中。我正是在这种心绪中初中毕业了。

原本想升学无望，正在另做打算，可是命运之神并不绝情，我竟然也和几名同学一起升入了高中，这又使我已经结束的中学时代又延长了两年，这两年中我又学到了新的知识，在新的学校里又培养了我的情趣，陶冶了我的情操，增长了我的智慧。可是这段美好的生活又将结束了，留下的只有回忆。记不清是哪位名家大师曾经说过这样一段话：当你具有它的时候，你并不知道它是可爱的，但当你失去它的时候才会懂得它的价值。这句话对于即将告别中学时代的我来说感受颇深，我悔恨我虚度的时光，但当我认识到这一点时，我已经要失去它了——我的中学时代。

如果爱因斯坦的相对论在现在就能实现的话，那么我一定要驾驶超光速飞船追回那逝去的时光，再次回到少年时代，重温我中学时代的欢乐、幸福……

惟苦学论可以休矣

◎ 佚　名

在学校，在家里，经常听到这样的训教：“书山有路勤为径，学海无涯苦作舟”，“不经一番寒彻骨，哪得梅花扑鼻香”，“学习就要吃苦，不吃苦就不会取得好成绩”。难道真是这样？

请不要回避现实吧！我们学生现在学习生活的确是够苦的了。清晨，当闹钟把我们唤醒，我们匆匆背起沉重的书包往学校里赶，脑际里闪现的全是老师留的作业。为了完成学习任务，日夜在题海中遨游，作业做到夜深人静，那一道道既有难度又有深度的补充题，搞得人筋疲力尽。唉！我们不止一次地哀叹：“如今当个学生真苦呀！”

白天，坐在明窗净几的教室里，我们把整个身心都交给了老师。一个 45 分钟连着又一个 45 分钟，脑子里那五花八门的知识像走马灯一样次第出现：刚才还是在“楚汉相争”的战场，忽然就进入了“万有引力”的迷宫；这一节还没结束“桃花源”的游赏，那一节“平面几何”的殿堂便拉开了帷幕。我们全神贯注，任凭敬爱的老师领航导游，神经绷得紧紧的，说实话，对待学习可谓专心致志。晚上，回到家里，父母依然把我们关到小屋里，我们电视难得看，音乐不能听，仍旧上紧思想的发条，我们老老实实地完成各科作业。可怜天下父母心呀！“吃得苦中苦，方为人上人”，这谆谆教诲不绝于耳。试问：这样的学习生活，难道不算苦吗？谁解其中味呢？

我们鼓囊囊的书包里，除了课本和作业之外，各种各样的“导学”、“练习”、“解难”、“指津”的书籍资料，几乎是与日俱增，要读、要背、要写、要练，学习上的“大运动量”搞得我们简直不堪忍受。苦哉？苦乎！这的的确确都集中在我们这些尚未成年的学生身上。

摆出这些事实，并不是反对父母和师长的良苦用心，也并非排斥刻苦求学的传统美德。而只是想提出一个问题来：苦学是成才的惟一道路吗？不如此就不能培养出高水平的人才吗？我想答案是否定的！学海茫茫无涯，何时才能苦到头呢？一味地强调苦学，物极则必反，超过了限度就会走向事情的反面。据一家青年报载：记者曾在某校调查，学生视力大幅度下降，14 至 16 岁的学生近视者占 23%；学生体质状况不佳，佝偻、驼背者增多。真是触目惊心呀！这种恶果的产生与苦学不无关系吧！难道“惟苦学论”不可以休矣？

我们青少年正处在长身体、长知识的时期。我们需要学习科学文化知识，我们也需要阳光雨露似的各种营养。随着教育改革的不断深入，许多有智有识的优秀老师已经创造了乐学和巧学的经验，这是减轻学生负担、有益于身心健康的可喜成果。古人也曾说过：“善学者，师逸而功倍。”这正是我们热切希望的。愿改革的大潮冲开“惟苦学论”的桎梏，愿崭新的乐学之风，让我们带着欢笑，带着歌唱，健康成长。

兴趣是最好的老师

◎ 佚　名

兴趣是人们活动强有力的动机之一，它能调动起人的生命力，使大家热衷于自己的事业而乐此不疲。人对自然产生兴趣，就能引发出对事物的体验，对问题的思索；人对生活产生兴趣，就能引发因好奇而实践，因验证而发现。古往今来，许多成就辉煌的成功人士，他们的事业往往萌生于青少年时代的兴趣中，延着兴趣开拓的道路走下去，找到了自己事业成功的路径。

被喻为“科学巨人”的牛顿在苹果树下看书时，从一个苹果成熟落下而引发了联想。试想一个苹果掉下来是一件怪事吗？不，它很常见。谁也没有去注意它，因为我们觉得没有什么大惊小怪的，它不掉下来难道飞上去吗？正是牛顿对这个我们不在意的问题有了浓厚的兴趣，既而发现了“万有引力”定律。

著名科学家达尔文，因一次考察，对某岛上动物外型的异样产生兴趣。也许我们会奇怪一阵子，就逐渐淡忘，但达尔文却不罢休，进入更深一层的研究，用了22年时间写成了《物种起源》一书，提出进化论，推翻了多年以来“世界上的一切生物都是上帝创造的”这个亘古不变的说法。如果不是兴趣促使他锲而不舍地探讨，也许我们至今仍在信奉着神的创造。

这正验证了孔老夫子的一句话：“知之者不如好之者，好之者不如乐之者。”

有一家杂志曾用“终日计算，冥思苦想”为标题介绍了杨振宁的物理研究。杨振宁因此不大高兴，他对人们说：“尤其不同意的是这个“苦”字，什么叫苦？自己不愿意做，又因为外界的压力非做不可，这才叫苦。研究物理是没有苦的概念的，物理学是非常引人入胜的。只要我对物理学有了兴趣，我就会被它那不可抗拒的力量所吸引。”

确实，同样从事研究的两个人，一个是“我希望能学”，另一个是“希望我能学”，主动与被动间会产生截然不同的效果。据心理学家验证，人若拥有良好的心态与强烈的求知热情，他的灵感便会一触即发，如泉眼般源源不断，那么结果也会事半功倍；反之，用一张愁眉苦脸面对探讨，就像一部机器，没有想法，说不定方案不仅未能得出，还可能弄巧成拙。由此可想，为什么我们身边经常发生一些惨不忍睹的案件？因被逼学习而跳楼，结束大好的青春年华；因被逼练钢琴而宁肯自砍手，摆脱约束获得自由。而热爱者善于发现其中的奥秘，几乎一离开就要生病。这就是“有兴趣”与“无兴趣”的最大区别。

人是健忘的，总会丢三落四、忘这忘那，但是对于感兴趣的事物，却像烙上了印，永远铭记于心。生活中，人会对美丽的风景过目不忘；人会对喜欢的物品清楚了解……这都是兴趣爱好在起着作用。不管是生活，还是学习，当你对它充满兴趣，你就会发现，记住它是一件多么简单的事情。

人的成功需要正确的引导，那最好的老师就是兴趣，它推动着人们主动地去开拓进取，促使我们学会发现身边的大小事。无论是辽阔宽广的大地，还是浩瀚无垠的海洋；无论是形形色色的人生，还是生生不息的物种，它们都存在着千千万万个“为什么”，等着我们洋溢着满怀的兴趣去发掘其中的道理。

枫树告诉我

◘ （英国）爱德华·西格勒

埃德加·杰克逊是位哲人，与妻子在新英格兰的乡间过着隐居生活。他曾对我说，如果我去他住的那一带，他将很乐意接待我。

几年前我听过他演讲，近来又读了他的几本著作。现在我想找他，是因为我觉得抑郁烦闷。我最近连遭金钱上的损失，加上痼疾，感到生活变得索然无味，所以我想借助他的智慧让自己摆脱这无尽的烦恼。

一个晴朗的冬日，我去他的农庄登门拜访。埃德加是位牧师，多年来写作、讲道而且乐于助人。不久前，他因严重中风一度右边身体瘫痪，不能说话。医生曾告诉他妻子艾丝特拉，他恢复说话的可能几乎等于零。可是他在几个星期后就能说话了，而且决心恢复更多的功能。

他站起来欢迎我。他中等身材，气度优雅，虽然拄着拐杖，动作缓慢，但两眼炯炯有神。

他很高兴听到他的书对我有所帮助。我说我的确获益很多，不过一连串的挫折令我消沉苦痛，这样下去，我恐怕将不能自拔。

“你沮丧失望，了无生趣，都是由悲伤而起的。要紧的是将你的挫折失败完全倾诉出来，学会从接受现实中找到慰藉。”他又说，人不这样做，结果就会因忧伤而感到悲苦不平，甚至失望。而那些能够积极地表达哀痛的人，却可获得新的感受和更充足的信心。“这就是为什么你常听人说：我们必须吐露自己感受，表白自己的情绪。只有这样才可治疗创伤。”

“你看那里，”他指着窗外一排光秃秃的枫树说，这些枫树是早先的农庄主人在牧场周围种植的，现正面对着猛撼枯枝、把昨天残雪扫得缤纷闪落的刺骨寒风。

我们从侧面出去，踩在嘎吱作响的雪地上，慢慢向牧场走去。那是一大片多石的旷野，夏日野地绿草野花，现在却被霜冻弄得一片枯黄。我注意到每株枫树和另一株之间悬着好几道旧的有刺铁丝。

“60 年前，那位农庄主利用这些树来围住牧场，省掉了挖洞打桩的工夫。不过将有刺的铁丝钉入幼树的柔嫩树皮上，却令它深受创伤，有的幼树挣扎抵抗，有的则尽量适应。所以你瞧，这边的一株接受了有刺铁丝，已和它紧密地生长在了一起，但那边的一株则不然。”

他指着不远处一株外形被铁丝损毁的老树说："为什么那株树因竭力反抗有刺铁丝以致伤害了自己，这边一株却成为铁丝的主人而不是它的牺牲者？"

近旁的这株枫树没有一点伤疤，代替长条创伤疤痕的是从一边穿入，从另一边穿出的铁丝，简直好像是被凿孔器穿通一样。

"这棵树令我思索了很久，"我们转身返回他的住宅时，他说道，"是什么内在的力量使它能克服像有刺铁丝那样的创伤，不让铁丝扭曲它的余生？一个人要怎样才能将忧伤化为新的成长，而不容许它侵扰生命、破坏生命？"

埃德加承认，他无法解释枫树上所发生的一切。"但对人来说，"他接着讲下去，"事情就明显得多。人有办法对抗逆境，熬过那段悲哀的日子。首先，你得保持朝气蓬勃的人生观；其次，不要心怀不满，怨天尤人。最重要的，是你须尽一切努力对自己宽容一点。这是相当困难的，因为你必须费许多时间自省，而大多数人都很容易对自己过分吹毛求疵。听我说，跟自己讲和吧，原谅自己所犯的愚蠢错误。"

他沉思着向那排枫树又瞥了一眼，引我回到屋内。"如果我们处理忧伤得法，如果我们能像成为刺铁丝主人的那棵树一样，那样我们就可以克服任何忧患，让生活充满欢乐。"

"谢谢，我一定照办。"我答应他，然后和他握手告辞。

我驱车下山时，又一次把目光投向那一排枫树。那些枫树的枝干在寒风中摇曳着，似乎有许多话要对我说。

启蒙先生

◎金　鑫

庄上有一座老宅，高墙大院，青砖黛瓦，原本是周姓地主的居所。地主被打倒后搬到一间茅草屋里安身立命，这座老宅后来便成了一所简易小学。几十个农家子弟，背着书包，朝进暮出，地主家里噼里啪啦的算盘声，变成了清脆的琅琅读书声。

学校离我家很近，不到百步之遥。那时候，我才五六岁，常常光着屁股蛋子，溜到老宅门前，趴在台阶上，赖着不肯走，听那些鸟鸣般婉转悦耳的读书声，嘴里跟着咿咿呀呀回到家吵着要纸要笔。终于有一天，父亲领着我到了老宅，带着央求的口气，问能不能收下我。教书先生望了我一眼，摇头摆手。我哇的一声大哭起来，并且背了一首旁听来的骆宾王的《鹅》以示抗议。他笑起来，点头默许。于是，我便成了他破格录取的一个小弟子。

先生的授课也很简单，每天教几个拼音，几个生字，一首小诗或者几道算术。背不上做不出的，便会被他严厉地叫到讲台前，老老实实地伸出手来，“叭”地一下，再“叭”地一下，俨如惊堂木一般威严肃穆。下面的同学，一律舌头伸得老长。谁要想偷懒，看一眼教鞭，就会害怕起来。后来，先生在老宅的大门上贴了一副手书对联：“风声雨声读书声声声入耳，家事国事天下事事事关心。”对联没有多少生字，我们一下子就背会了。十几年后才知道，先生写的是东林书院里的劝学名言。

通常上课时，先生吹一声哨子，外面的学生便鱼贯而入。然而他讲课的时间总是拖得很长，我却常常憋不住尿，又不敢举手提出如厕的请求，幸好坐在最边上，便在墙角里一点一点地解决掉。直到有一天，他踱到我身边，用鼻子嗅了嗅，终于闻到了异味。我不知将面临怎样的惩罚，吓得快要哭起来。他却摸摸我的辫子头，面色祥和，转身说，要去厕所的举手。几乎是全班的学生，都举起手来，那种集体如厕的浩荡之势，让先生大笑不已。不多久，先生的桌上多了一块手表。

先生单身住在老宅里，生活极是不便，周围的乡邻们请他吃饭，他一律坚拒。有时候我们自习，他在隔壁耳房里生火做饭，香气扑鼻而来，引得我们馋涎欲滴。但他的碗筷，是不准碰的，我们谁也没有尝过他的饭菜。

我虽然年纪小，成绩还不差，先生常常在我的作业本上，打一个大大的红五角星。有一次考试，我得了满分，他破例送我一本看不懂的繁体字本《唐诗三百首详析》，还亲自送我回家，表扬着我，要求我的母亲奖励一个鸡蛋给我。并且说，以后孩子得了满分，就应该奖励一个鸡蛋。先生的话如圣旨一般灵验，我的母亲遵嘱照办。

第三年的秋天开学时，我们惊讶地发现，先生换成了一位年轻的女老师。

更让我们吃惊的是，先生在暑假里就离开人世了，他早在几年前就得了慢性肝病。奇怪的是，先生平时用教鞭打我们，我们噤若寒蝉，但在得知他再也不会来上课的消息时，课堂秩序大乱，一个个哭得中气十足，竟比平日的读书声还要整齐响亮。那种场景，先生是断断不会想到的。

先生的模样已经不能记起，只知姓杨。算起来，今年已是他去世的第20个年头了。此次回乡，老宅已不复在，惟有行行豆荚长势丰茂。我伫立无语，凝望青青豆荚，禁不住弯身下拜……

永远的蝴蝶

佚 名

二姐是看了报纸后才决定去那所学校教书的。

当二姐打电话告诉我们她的打算时，我们除了吃惊，还是吃惊，特别是母亲。走进那座深山，谁都不能预料以后会有什么事情发生；同样，我们谁都不希望这样的事情发生在家人身上。因此，我们全家都用沉默来反抗二姐的自信和毅力。

本来二姐凭着她的才能完全可以进入市中心小学，而且那学校也答应要她。在那里要多舒服有多舒服，可她却放弃了这个美丽的地方走向了另一个极端。她的这一举动让我迷惑了很久，直到一年后的春天才让我明白二姐此举的真正含义。

一个学期很快结束了，二姐没有回来过年。她说在学生家过年，也可趁机辅导孩子们的功课。那家长就是支书。支书说她是有道德感的人，大家都很敬重她。信中二姐还说她被评为学区的先进工作者，同时还寄回了漂亮的证书。看着闪着金光的证书，我发现父母第一次露出了笑容，后来我知道，父母从这一天开始改变了对二姐的看法，由以前的反对变成了赞许。

春天来了，二姐的信也伴着春天的脚步来了，这一次她介绍了一件新鲜事——深山里的蝴蝶。她说深山里有好多的蝴蝶，红的、黄的、白的，很漂亮。下了课，就带孩子们捉蝴蝶，孩子们都很听她的话。读完这封信，我脑海里浮现了一幅美丽图画，二姐和一群孩子在田野里追蝴蝶，孩子的嬉笑打闹汇成了一曲动听的歌。这时我萌生了一个念头，明年春天也去看看那漂亮的蝴蝶。

从这封信开始我喜欢上了二姐，也开始从心底里羡慕她的走运，让她走进了一个如画的世界。

慢慢地，二姐的信也由一月一封变成了二月一封，最后到了三四个月才一封，信的内容也短了很多。她说学校搬新址，事情很多，就没时间写信了。又快过年了，显然，二姐又不能回家过年，因为学校的搬迁还没有结束，她既要劳动又要教孩子读书，挺辛苦的。她说每到晚上就想家，但为了孩子们的明天只有继续奋斗下去。

第二年春天又来了，我想去看看蝴蝶，却没有等到二姐的来信，等到的却是一场噩运。得到二姐遇难的消息，我们全家都悲痛欲绝，母亲整整哭了3天，但所有的悲痛都换不来二姐美好的生命。

学校开学了，可天天下雨，山外面的人进不来，也就没有课本，二姐很担心。说去年搬迁已耽误了很多时间，如果现在没有课本又得耽误功课，那还得了？因此二姐决定自己亲自去学区领书。村里人不同意，说这样太危险，二姐不听，执意一个人去了学区。在过一座木桥时，由于桥上长满了青苔，二姐脚一滑，就掉进了深渊……

父亲参加了二姐的追悼会。父亲回来说，村里人问他是不是把二姐葬回老家，父亲说算了吧，她既然这么喜欢蝴蝶，就让蝴蝶陪伴着她吧。

第二年的清明节，我去了二姐的坟地，二姐就葬在那木桥边。有一群孩子站在那儿。在二姐的坟头，摆满了刚采来的野花。野花的清香吸引了一大群蝴蝶来回飞舞。这时我发现二姐说的蝴蝶真的很美、很美，看着蝴蝶，我又想起了二姐，她现在已经成了大家心中的蝴蝶。

生命的一抹

郭　枫

少年时，总喜欢站在山冈上听风响，躺在原野上看云飞，日子过得轻轻忽忽的，像梦。一切都令人陶醉，一切都美。

什么叫做美呢？那时还说不出来。生活在北国的原野上，只觉得天地无限辽阔。早春，在潮润的泥土上，踏着刚出芽的青草，心头便充盈着颤栗的喜悦，要是在田间找到一朵初绽的小花，更能呆呆地凝视老半天，仿佛怕亵渎了生命的神圣，想采摘却又不敢采摘。秋来的时候，那莽莽的大平原真使人惊奇！从天上到地下，缤纷的彩色每天都有不同的变化，尽够眼睛忙的。等到西风渐紧，黄叶辞枝，我总有无端的喟叹。

那些稚气的举动，其实只是在朦朦胧胧中一种粗浅的感受罢了！稍稍成长，我便流离在连天的烽火里。奇怪的是：我竟没有多少颠沛的痛苦，却暗暗欣喜能趁此饱览山河的景色。摄许多美丽的景象于心版上：石头城苍凉的落日，西子湖柔美的夜月，扬子江滚滚的长流……更难忘的是那一次，我徘徊在湘江的河干，一泓秋水，蓝得像镜子似的明澈，对岸的山峰，红叶已灿烂成一片云霞，在澄亮的秋光里，孤村隐约，渔歌悠缓。呀！这岂非神仙境界？于是，便发下了心愿：将来要偕同二三知己，归隐于此。数亩田、几架书、一卷诗，生活像舒卷自如的云彩……

那时候，年轻的梦太年轻，美丽的幻想太美！人们谁没有年轻呢？谁没有过美丽的梦想呢？但谁又像我这样沉迷在梦幻中而永不清醒呢？说我像那只在屋角上缀网的蜘蛛，不如说那只缀网的蜘蛛像我！把生命局促在一个小角落里，而后千丝万缕织成一个孤寂的世界。就这样，我独坐在文学天地中，微笑着面对这七彩的人生。任关注我的人叹息，任懂得我的人沉默，任嫉妒我的人讥讽。

这是无可奈何的事。我就是我，在人海中打滚了三十多年，依然那么天真或者说依然那么痴傻呆！在需要勒紧腰带的日子里，仍不相信金钱的权力，在儿女成行的年纪，还要去崇拜诗，去迷信美，让许多繁华的机运从指缝间漏过而毫不动容，却常常对于掠过心灵的感受费尽心神去捕捉。有人说：入世深些，年龄大些，思想就会成熟。这句话的真实性使我怀疑，为什么历尽沧桑，我的心灵仍像孩童一样地拙稚呢？

少年时那种登高山、穷幽谷，到现在还是兴趣不减。而且，只要有一片静美的土地，我也能欣赏上大半天。每天走过的小径，常年招展的椰影，一缕明丽的阳光，一刻恬然的宁静，一朵飞花，一叶新绿……这些都散发沁人的甘味，在平淡中自有醇厚的情趣在。少年时，我喜欢摩登历史的雕像，去倾听世人心灵的跃动。现在，我觉得一声寒夜的叫卖，一句村野的俚语，都给我不少的认识。生活于尘俗里，我常发现许多事物每一天都有新的意义，有时在绝对的静寂中，往往有和谐的天籁洋洋盈耳。说是现实也好幻想也好。我总觉得这缤纷的世界，永远在启示我、充实我、美化我。

可是，美是什么？年轻时我说不出来，现在更不会说。如果说：美是真理，美是永恒，但是，真理像一种金色的蜥蜴，有时会改变颜色，而永恒是玄妙的，有时和刹那没有分别，这些都是我无法了解的问题。不过，我愿我的生命，如同那蓝空中的一缕云，尽管是那么淡淡的、淡淡的一抹，于我，已经足够。

少年哀歌

(日本)西村寿行

少年时代，我家住在濑户内海一个无名小岛上，我常常和父亲一起下海捕鱼。我们撒网的地方是轮船的主航道，客船货轮往来不断，这给我们艰辛的捕鱼生活蒙上了阴影。为安全起见，每当夜色浓重的时候，我们就点亮一组红灯，以使迎面开来的轮船有所避让。

我因为是新手，所以担当着监视轮船往来、举灯告急的任务。

冬天的夜海，风刀霜剑，寒风刺骨。我特意多穿了几件衣服，但它吸尽了海上的潮气，感觉更加沉重冰凉。

小船摇荡着波涛，吃力地在波峰浪谷里跃动。

父亲睡去了。我继续监视着海面。倦怠中，突然发现涌动的海面泛起粼粼波光，定睛一看，一艘彩灯闪烁、装饰豪华的客船迎面开来，它看见了我举起的红灯，似乎在回避着我们。

当客船临近我们时，那上面的红男绿女纷纷拥到船舷，倚着栏杆俯视被彩灯烛照的小小渔船。他们穿戴时髦，男的西装革履，女的珠光宝气。他们瞪着好奇的眼睛鸟瞰一个小渔夫，就像鸟瞰动物园中的小猴。一个贵妇人笑着扔下了一截枯萎的树枝，那树枝轻轻落在我的肩头，却像火一样炽烈地灼烧着我的脑海。

我仰视客船上形形色色的男人女人，向他们传达着愤懑与烦躁，可他们看不见我的表情，他们无动于衷，专心致志地和彩灯一起矫饰着客船。留在我脑海里的，是一种冷艳冷酷的形象。

客船远去了，但它蓄意制造的小山一样的怒涛经久不息地向我们袭来。

我目送着豪华客船消失在黑暗中，不知道它要驶向何方……哦！我想起来了：前面有一座繁华大都市呢！那是一座多么辉煌灿烂的都市啊！

刹那间，我感到一阵悲哀，悲哀得想哭。

我是一个有着古铜色粗糙皮肤的贫穷渔夫的后代，那些从我眼前一晃而过的红男绿女和我无缘，那远方辉煌灿烂的都市也和我无缘，只有贵妇人丢弃的枯萎树枝靠近了我，我感到无限的悲哀。

20 年后，我奇迹般地在那座辉煌灿烂的都市东京居住下来了，我当上了作家。

我是海的儿子。每天晚上，我都要沿着妙正寺河散步，然后带一身水的气息回家去。河水流速很慢，两岸璀璨的灯光悠悠地落在河面上，好似闪烁的银带随风起伏。它唤起了我少年时代的回忆，拽住我的脚步让我伫立岸边久久地凝望。我觉得，河面上粼粼波光竟和20年前我的故乡的海面毫无二致，而其中的一部分似乎还吐露着鲜明的濑户内海已往的气息。

忽然间，一阵冷风吹过，仿佛一件沉重而冰凉的衣服裹在了我的身上。

当我惊异于冷风的肆虐时，蓦地瞥见河面上荡漾着一条小渔船。渔船上，渔夫正在撒网。和20年前不同的是，渔夫的儿子并没有从事我少年时代的工作，他正在为父亲撒网搭着手，他们合力探寻着妙正寺河对城市的奉献。

过了一会儿，那少年开始仰视我了，使我蓦然间处于20年前豪华大客船上红男绿女的位置。我看不见少年细致的表情，却可以揣摩出他面对岸上的"西装革履"是如何地感到卑微和不安。一时间，我以作家的名义深深地体味出底层人民的悲哀是怎样沉重地浸润着从濑户内海到东京妙正寺河的每一段航线。

我掏出以作家的身份印制的名片向少年扔去——我想会有那么一天，少年循着名片的地址找到一个渔民出身的作家。我看见，那张名片在昏黄的夜空中飞舞了一会儿随即落到了少年瘦削的肩头。

我希望少年能读懂名片，读懂我抛下名片的意义，就像20年前我读懂了那个贵妇人丢弃在我肩头的枯萎的树枝一样。

我的“阴谋”泡汤记

王佳韵

放寒假了，爸爸妈妈上班，没有人照看我，于是我理所当然地住在了姥爷姥姥家，每天游哉优哉地过着“皇上”般的生活。看到姥爷姥姥已快七十岁的人了，每天还要照料我和操持家务，很是辛苦，我于心不忍。我决定，除了利用我这双“勤劳”的双手，为减轻他们的负担外，还应该对他们有所“回报”，以显示我是个知书达理、懂事孝顺的好孩子。“嘘——”当然这个“阴谋”在成为现实前只有我自己知道，绝没有第二个人。

今年过春节，我又有不少压岁钱进帐，财大气粗，俨然是个小富翁。春节过后，该兑现我的“回报”了——给姥爷姥姥发“奖金”。声势嘛我想要大一些，制造点轰动效应，也可以说是炒作，目的就是想给兄弟姐妹们打个样。那天晚上，我主持召开了“隆重”的评奖和授奖仪式。我刚讲完评奖的方法和要求，姥爷就第一个发言：“为了咱们这一大家子二十余口人过好春节，你姥姥一头扎在厨房里做准备工作，累得腰酸背痛，她是主力最辛苦，奖金应该给她发。”姥姥却很谦虚：“其实你姥爷最辛苦，他负责购买年货，为了买到可心的年货，他跑了许多地方，比我贡献大多了，奖金应该给他发。”姥姥的话立刻遭到姥爷的“抨击”，他脸红脖子粗地说：“不行，你比我辛苦，奖金应该归你。”

此时室外虽然寒风刺骨，室内却温暖如春。看到姥爷姥姥互相谦让、争执不下的样子，我既感动又暗自发笑，奖金嘛一人一份谁也不能少。于是，我亲自出马打破僵局：“其实这段时间姥爷姥姥都很辛苦，为我们全家人过一个欢乐祥和的春节作出了巨大的贡献，因此，现在我宣布：“姜某某‘同学’、孙某某‘同学’，分别获得奖金 100 元，以奖励你们的奉献精神。”哗——响起一片掌声。

我给姥爷姥姥发奖金的故事讲完了，唉——，再告诉你一个秘密吧，事情过后的第二天，姥爷姥姥就把“奖金”偷偷地还给我了，理由是因为我学习努力，他们给我的奖励，但我心里明白，这不是变着法儿不要吗，哼，等到明年春节，我给你们买只有老年人才能用的东西，看你要不要？哇噻，一想到这里，我就被自己的聪明才智激动得热血沸腾，恨不得下一个春节马上到来。哈哈，到那时我的“阴谋”一定能得逞。

吾家有弟未长成

◘ 佚　名

弟弟小我 4 岁，还只是个天真无邪的傻小子，青涩得有如未长熟的梅子，浑身散发着自然的气息。可正是这一股子掩饰不了的纯真劲儿，好似未经雕琢的玉石般质朴。

小孩子的自私常常是令人快活的。弟弟从来学不会聪明人的招数——用浮华的东西将自己巧妙地伪装起来。他的自私是公开的。

前不久正逢他过生日，作为小寿星，里里外外一阵瞎忙活自然是免不了的，可他却硬嫌不够过瘾，直吵闹着要亲自分蛋糕。还算懂事的弟弟怎么不知道长幼有序？只见他像个小大人儿似的，歪着脑袋，瞪圆了眼，嘴角微微向上翘着，像一弯新月似的好看，口里还念念有词：“先给奶奶，再给妈妈，然后……”见人人碗里都盛着甜美的蛋糕，他终于露出了两个小酒窝。忽地，只见弟弟一拍脑门儿，惊恐地大叫起来："糟了，大事不妙！"一刹那间，空气似乎凝固了，一道道探寻的目光齐刷刷地向他射来，热闹的场面一下子安静了许多。弟弟一脸沮丧，使劲儿地跺着脚，不断地叹气，之后又撒娇般地嘟着小嘴说："大的都给你们分完了，现在好了，净剩小的了，我怎么办呢？"瞧他那泄气样儿，真是让人哭笑不得。

我与他聊天时，总略带责备地怪他不懂事，有些不该说的话就那么不假思索地吐了出来，怎么就不知道往肚子里咽咽呢？他却很不明白地问道："嘴上说的难道不是心里想的吗？你不是说人应该表里如一吗？"一句话噎得我哑口无言，只觉得口无遮拦的他是那么透明，便有意无意地想留住他的"真"。

弟弟是很累的，学奥数，学作文，学钢琴……他的周末常常是被一堆一堆成串儿的事情塞得满满的。我常拿他打趣说："细胞排列得那样紧密还有间质呢，哪像你！"不过，他倒是挺懂得生活的，总是不忘见缝插针地忙里偷闲。

前些天回家，未进门就听见一阵悠扬的琴声，我惊喜他竟会有如此长足的进步。推门一看，弟弟正神情专注地坐在钢琴前，面带微笑，手指在琴键上有如行云流水般触及而过。也不知等了多久，他才舍得抬起头来，一看是我，就一纵身从琴凳上蹦起来，拉着我的手就往门外冲，边跑边喊："你说我们今天是去打鸟还是摸鱼？"瞧，角色变化得多快。

我疑惑弟弟在这样沉重的负担下居然还能保持如此心境。

真不知他是不懂得累还是不愿去疲惫。

弟弟的文章写得很好，他曾有过这样一段让我感触颇深的话："姐姐说我太忙，每时每刻都需要钉子精神——又挤又钻。其实她不知道，我喜欢这样的生活，丰富而充实。我不是一只笼中的鸟儿，因为我的心属于蓝天。"

吾家有弟未长成，快乐纯真惹人爱。

拾荒的母亲

苏梅华

谁都知道市场部经理罗小姐的妈妈是一位捡破烂的。公司里几乎所有人都见过她托着一只沾满污垢的白色蛇皮袋沿着街边的垃圾箱找可以回收的垃圾。

我们都困惑，以罗小姐今天的身份和地位，怎么忍心让老人干如此卑贱受苦的活儿。平日里，罗小姐总是板着脸孔，不苟言笑，对下属严厉得几乎不近人情。因此，我们都确认是罗小姐不孝顺，自己生活好了就不管老人。甚至，有同事亲眼在街上看见罗小姐对着她母亲发怒，老人被斥得战战兢兢地流着泪。

我们能原谅一个35岁还待字闺中的老女人性情暴躁怪异，却不能原谅她虐待老人，那老人还是自己的母亲。

罗小姐成了坏女人的代表。

为了惩治这个坏女人，我们决定给她一点儿颜色瞧瞧，也替她母亲出这口恶气。没有人会听从这样一位上司的命令，不管她说什么，我们都当耳边风，在她面前装疯卖傻。有人还把蜘蛛放在她那张舒适的大班椅上，任她怎么惊叫，怎么拿着文件夹又打又跳，都没有人进去帮她。她知道是被人捉弄了，恨恨地关上办公室的门，拉上百叶窗——一个恶毒的女人只配和一只蜘蛛在一起。

这是告诉她什么叫众怒难犯。她总不敢把全公司的人都炒了吧？她还背不起公司停止运作的罪名。

突然有一天，坏女人向公司请了一个月的假。我们都觉得她是怕了我们，或是知道自己没有办法领导她下属而准备引咎辞职。

公司里少了坏女人，连空气都豁然清朗起来。

一个星期六，我因为一点小感冒去找我那位当医生的好友。在医院的走廊里，我看到坏女人斜靠在单人病房的椅子上，闭着眼，头发凌乱。

我问医生朋友，她来做什么——我曾在他面前痛斥我有位不良上司，所以他对这个坏女人也略有所闻。

“就是她呀？她母亲上个星期发生车祸，现在还昏迷不醒。”

都是坏女人置老人于不顾的后果！我马上又痛恨起她来。

朋友却又告诉我，她从她母亲被送进医院那一天起，天天都陪在医院里没离开过。

“现在才来做孝女，平常怎么不对老人好一点？”

又经过那间病房时，我决定去看看老人。

坏女人见了我，连忙理了理两鬓的碎发，脸上露出一星儿笑。我从来没有见过她这个样：不修边幅，面容憔悴，根本看不到往日里的孤傲清高。我已经从朋友那儿了解了老人的病情，所以没再问。

坏女人削了个苹果，递给我。我没有接，却问：“就你一个人在这儿？”她点点头，又放下苹果。我又问：“你没有其他亲人了？”

坏女人告诉我，她父亲在她念大学的时候去世了，是她母亲含辛茹苦把她养大。大学毕业后，她来到这个城市工作，然后，才从家乡把母亲接来。

“我知道你们都很讨厌我。”她继续说。

我听到了一个动人的爱情故事，是她母亲的。

罗小姐出生在一个很偏远的小山村里，父母亲都没念过几天书，直到罗小姐小学毕业，父母亲觉得不能让女儿像自己一样一辈子困在这穷乡僻壤里，于是把家里的地和房子都卖了，凑了点钱把女儿送到城里念书。

父母亲没有多少见识，找不到工作，于是背着女儿靠捡垃圾过日子。那时罗小姐一直住在学校里，她一直以为父母亲在别的地方工作，只是星期天才来学校看看她，塞给她一些生活费。

一直到她考上大学，突然接到母亲打来的电话，说父亲躺在医院里，想要见见她。她才得知这一切——她这几年的学费竟然都是父母亲起早贪黑地拾破烂得来的。

父亲走了，罗小姐随母亲到他们一直居住的地方，那只是一个小搭棚，冬天过风，夏天闷气。父亲就是在这种环境下病倒的。

罗小姐坚决不让母亲再逗留在这种恶劣的地方，她为母亲租了一间小屋，自己四处找兼职解决她及母亲的生活费。一再叮嘱母亲不能再拾破烂。

如今，母亲是盼来了女儿的好日子，却越来越思念丈夫，想着他辛辛苦苦了一辈子，却等不到女儿出头之日。日子过得越好，思念就越深。她怀念与丈夫餐风宿雨的日子，虽然苦，却苦得有滋味，苦得心甘情愿。

所以，母亲重新背起蛇皮袋，一路拾荒，一路回忆与父亲相依为命的日子。罗小姐也曾坚决不让母亲这样做，可母亲含着泪说："我是享到福了，可是这一切都没有你父亲的气味，甚至连一张照片也没有留下。我怕越老越糊涂，怕哪天老得忘了你父亲的样子。而在街上，我每捡起一张纸，一个汽水罐，就会想到你父亲在身后用蛇皮袋接着。这一天里，我们从不分开，拾满了，就回去，拾不满，就继续走。"母亲答应她，她并不是真的要拾荒过日子。拾到的东西，她把它们都送给了别的拾荒者。

罗小姐也不忍心再阻止母亲了。

罗小姐哭了，她也许没有想到自己会在下属面前掉眼泪，还说了这么一些话，可她憋得太久了，也憋得太难受了。

我也哭了，一半是因为听到了一个如此感人的故事，一半是因为内疚。我们曾那样自以为是地认为她是一个坏女人，还千方百计地想着如何伤害她。

我没经罗小姐同意就把真相告诉了同事。

我们只能靠在工作上的合作来弥补曾经的过错，凡事多做一点，让她能多有一些时间来照顾她的母亲，和她自己的春天。

教　鞭

司玉笙

那教鞭是白蜡条截的，有二尺来长——黄河故道盛产这种耐旱植物——赵老师一进教室就往黑板上方摸：那是放教鞭的地方，供他专用。

赵老师大学毕业后就回镇里教书。书教得好，可很严。看到谁做小动作，也不训，过去就照头上敲。待被敲者龇牙咧嘴地抹头时，他就将教鞭背到身后，好像什么事也没发生。县中学几次想调他过去，都被他用一句生硬的话挡回：我在这儿多自在，想敲谁敲谁。

在镇里，他的长辈，敢说这话。背地里，人们都叫他“赵疯子”，好像这是一种尊称。

对那教鞭体味最深的是簏儿。簏儿生性泼皮，挨教鞭的次数就多。簏儿同赵老师是本家，按家谱要高称赵老师两辈。挨就挨了，箍儿回家也不敢告诉爹娘，不然的话还会加一顿臭鞋底。

那一次箍儿恼了，放学后从后窗钻进教室，将赵老师的教鞭盗出，发狠地扭断为几截，一一扔到路沟里，嘴里还嚼着几个字：叫你打，叫你打！

翌日赵老师来上课，上了讲台就朝黑板上沿摸。没摸着什么，踮踮脚又挪挪地方，竟沾了几指头陈灰。赵老师脸一寒，问，谁干的好事？同学们面面相觑，都不说话。箍儿低下头想笑又不敢笑。

赵老师擦着指头上的灰，说，箍儿，站起来！箍儿脑瓜子灵转儿，说，亮爷，俺给你再弄一根去。说罢，泥鳅般滑出后门，待他汗水淋淋地跑进教室，手里攥着一根比原先粗一点的白蜡条。赵老师接住后，在讲桌上敲了敲，说，好，好！

放了学，赵老师将箍儿单独留下，两手将那教鞭来回窝成弓状，说，跪下！箍儿翻起白眼珠，说，亮爷，俺不是又给你弄了一根吗？咋又让俺跪下？老师打学生是犯法的……

犯就犯了……跪下！

见箍儿站着不动，赵老师抬腿朝箍儿腿弯子里踹了两脚。箍儿的身子折尺似的矮了下去，可很快又直了。

你爹娘辛辛苦苦供你上学，容易吗？跪下！

箍儿还是不跪。赵老师的教鞭就在箍儿身上可劲儿留下几道痕迹。箍儿抹着泪走出教室，赵老师却认真地将教鞭放回老地方。这以后，箍儿再也没挨过教鞭，学习成绩竟扶摇直上，两年后考入县重点高中。

箍儿去县城上学，赵老师很少再见到他。遇见箍儿的爹娘，赵老师就问，箍儿咋样？箍儿的爹娘就说箍儿知道用功，懂事多了。赵老师说，这孩子是块料儿，可惜我很长时间没见到过他。

那年暑假里，赵老师病倒在床上，很多学生都去看他。赵老师见了与箍儿同班的学生就问，箍儿呢？学生摇摇头说不知道。赵老师就叹了口气说，我对他太狠了。

那日下午，赵老师正睡着，一个声音轻轻地喊，亮爷，亮爷！赵老师微开双眼，视线里一个英俊的小伙子渐显于前。是箍儿！

箍儿说，亮爷，我考上师院了！赵老师一扑棱坐起来说，好，好！箍儿说，我早想来见您，可……

别说啦，别说啦。

箍儿声音颤颤地，说，能把那个教鞭给我吗？

赵老师说，不是早给你了吗？

沉默中，就见亮晶晶的泪水在箍儿的眼眶里滴溜溜转，越积越多，串成珠滚落下来。

老师！他喊了一声，双膝一弯，跪在赵老师床前。

专注的力量

◎佚　名

古往今来，各行各业成功的秘诀是什么？学习成功的秘诀是什么？每个人的回答可能不一样，但是成功者都拥有一个共同的品质，那就是专注！什么是专注呢？专注就是集中精力做好一件事，专注就是长时间的全力以赴，专注就是一心一意坚持不懈，不达目的决不罢休。科学家几十天甚至几百天，重复着一个实验是一种专注；学生每天上8节课，每节课都能认真听讲是一种专注；外科医生手术台前一站就是几个小时，也是一种专注。任何一项事业都需要专注，专注可以获得大大小小的成功。

爱迪生专注于寻找灯丝，专注于实验最终为人类带来光明；比尔·盖茨专注软件的开发，造就了微软帝国，带来真正的计算机革命，个人也获得巨大成功，成为世界首富；居里夫人十几年如一日专注于从小山似的矿石中提炼放射性元素，两次获得诺贝尔奖金；陈景润专注于数论，终于攀登上了数学的高峰。

对学习而言，专注更是具有重要的意义。专注可以听懂难懂的问题，专注可以攻克一道道的难题，专注几分钟就可以背会一串英语单词，专注一小时就会学会一个章节的内容，专注一天扫除学习的障碍，专注两个月就能使落后的学科变为先进，专注一年每一科都能成功。不论对儿童还是成年人，专注都是成功的品质，有位心理学家讲，看一个儿童有没有出息，上学前看他玩的是否专注，上学后看他听课是否专注，拥有了专注就可以拥抱成功。一个儿童拥有了专心听讲的习惯，专心做作业的习惯，专心做事的习惯，学习成功是个必然，成绩好只是一种结果，日后还会取得更大的成功。一个成年人只要专注于他从事的事业，全力以赴，坚持不懈，天长日久，他就能成为某一行业、某一领域的专家，所谓专家就是通过专注成名成家。

在现实生活中有不少人他们并不缺乏聪明才智，有些人甚至聪明过人，智力超群，但是他们缺乏专注的习惯。集中精力几分钟对他们来说就是难事，集中精力几个小时对他们来说，更是一种煎熬，他们总是做一件事去想着另一件事，听课或听别人讲话总是开小差。他们有太多的爱好，太多的欲望，太多的想法，太多的乐趣，他们唯一缺的就是专注一件事的能力。这种人是聪明的傻瓜，是聪明的失败者，让我们专注听课，专注于做事，专注自己的本职工作，专注自己的事业，让我们通过学会专注来走迎接成功，拥抱成功。

第一声喝彩

◘佚　名

我家附近有户带院子的普通住家，女主人拖儿带女，有点早衰。她家的院子里种满了花，有时女主人就采些花插在一个水桶里在门口出售。我曾在那儿买过大红的康乃馨、黄色的玫瑰，她把花束递过来时，我都能看见她那双粗糙的花农的手。

有一天黄昏，我路过那儿，看见院子里有两株玫瑰开得实在灿烂。它们的花瓣红得像火焰，我指着它们就想要。女主人摇摇头，说每年最好的两朵玫瑰她都要采摘下来寄给远方的两个女儿。女主人的丈夫是个老实巴交的人，他絮絮叨叨地埋怨妻子太落伍，认为还不如把花卖掉实惠，寄一包玫瑰花瓣给女儿毫无意思。可女主人执拗地摇摇头，眼里闪过与她年龄不相称的羞怯。

翌日清晨，我又路过那个鲜花盛开的院子，女主人正守着那两枝挑出的红玫瑰，一脸的慈爱，那种真情流露有一种晶莹剔透的美丽。我忍不住告诉她：我被感动了，我正在心里为她喝彩。

女主人很吃惊，微微开启的唇中没说出一个字，连老花眼镜滑下来也没发现。然后，她再见到我时，眼里充满亲切的神情。有一次她一定要送我一束黄玫瑰，说：“从来没人这么说过我。”我回家把玫瑰数了数，一共十朵，我把其中的一朵送给楼下的漂亮女孩，剩余九朵插入花瓶。那九朵玫瑰代表着我内心的祈盼：让我们每个人的生活中都有地久天长的喝彩声。因为我深知，每一声喝彩对一个人意味着什么。

在生活的长河里徜徉，谁都会有拿不准的时候，感觉自己没分量，快被命运冲走，若是此时传来一个振奋的声音，也许这个人就会成为一座大山。也有人将人生比做球赛，若两旁没有真诚的喝彩，这场球赛如何精彩得了！记得我在念初中时有过一个同桌，她牙齿长歪了，说话爱像男生那么骂骂咧咧，打蚊子像拍手鼓掌一样噼啪作响。我不喜欢她的粗鲁，我们两个有过相互肩碰肩坐着却一连半个月没开口说话的记录。

在一次作文评比中，我的一篇精心之作没评上奖，名落孙山，我为此心灰意冷，带着一种挫折感把那篇作文撕成碎片。这时，我那位假小子同桌忽然发出愤怒的声音，她说那篇作文写得很棒，谁撕它谁是有眼无珠。

她其实是在说反话表示对我的喝彩。那是我写作生涯中的第一位喝彩者，那一声叫好等于是拉了我一把，记得当时我流出了泪水。

那位同桌后来仍然不改好战的脾气，我俩也时常有口角，相互挑战，耿耿于怀。然而我至今难忘这个人，因为她的第一声喝彩就像一瓢生命之水，使我心中差点枯萎的理想种子重新发芽、开花、结果。而且，当我回首往事时，都会遗憾当时为何不待她更温和一些，因为她是我生活中的一道明媚的阳光。

也时常有人跑来谢我，说是我的某一句肯定的话，使他眼前豁亮了。其实，我早忘了我曾为他喝过彩。不过，那也无妨。当我们看到别人生命中的亮色，不妨就大声喝彩。这样不仅使对方变得完美，生活充满爱，也使我们的心灵变得博大。因为只有诚实而又热忱的人才会由衷地为别人喝彩。

天涯思情

林　园

今天是国内除夕，大家都在忙过年，为了与家人通上电话，早在一星期前我就准备好足够的硬币。

来到自动电话间的门口时，我的眼中立时抛开了夜色的黝暗和行人疏落的寂静，觉得这里似乎不是澳洲的土地，而是自己的故乡。

按着橘红色键钮，我的心伴随着扑扑急跳……国际冠首、国家代号、城市区号和电话号码如在英文打字机上那般熟练。几秒钟后，清晰的回铃声响了——一声、二声、三声……我立刻将几枚硬币推进投币口，就在这一瞬间，我瞥见了玻璃门外站着一个和自己年龄相近的小姐，我不知道对方的身份，但我确信今晚往国内挂电话的中国留学生一定不少。

熟悉的声音从话筒里飘来了——我握紧了话筒，嘴唇微微地颤抖："妈——我是玲儿啊，我向全家拜年……"话筒里传来妈妈关切的询问，接着是爸爸的声音……这时，我已激动得答话有些嗫嚅，尽管这里正弥漫着初秋夜晚的凉意，弥漫着异常的乡愁，我却感到了周身的温暖。

放下话筒，转过身时，门外又增加了两个人，我快步走出话间，向那位小姐微笑着点头，心里在说："让您久等了。"可她却有意将身子闪到一旁。她身后的一个小伙子便急忙跨了进去……我不禁一怔，开始注视起这位与我同肤色的小姐……月光从她浓密乌黑的秀发上流泻下来，不知是月色的缘故，还是原来的气色就不好，清秀的脸庞显得很苍白，单薄的身上穿着一件十分得体的乳白色连衣裙……我忽然注视到她肩上挎着的一个牛津包上镶着一行金色的汉语拼音"Shang hai"，哦，她一定也是中国留学生吧？我再次向她投去微笑，希望和她搭几句话，她却紧张地埋下了头，任凭晚风撩起她的缕缕秀发……

回住处的路上，我的心情畅快多了，挂电话前，我和几个中国留学生一起到"China Town"（中国城）的一家餐馆吃年饭，可当时怎么也吃不下。而此时，我却几乎嗅到了家乡庭院中的茉莉花香，看到了年迈的母亲脸上的笑容。

我悠闲地将两只手插进衣袋……这时，右手指触到了硬币。我突然意识到踌躇"在电话间外的那位一定是忘了带硬币。我刚才怎么就没想到呢？我停步，掏出所有的硬币，数了数，还有五澳元。虽只够通两分钟，也多少能和亲人说几句话的。我转身往回跑，心里真希望她看到这些硬币时，眼里不再有忧愁……

电话间里已经没有人了；她却依然默默伫立、默默地凄然……乳白色连衣裙上印着淡淡的花的图案，仔细看，原来也是我喜欢的“康乃馨”，淡雅而充满慈爱。

“你好。”我喘着气说。

“呀……你好。”她的眼里流露出惊讶。“我叫阿玲，你呢？”

“我叫兰兰。”她低声地说道。

我注意到她说话时，微笑中略带忧郁的神态显得更加纯情，这是一张人见人爱的脸。

“你是不是没有硬币啊，我这儿有。”我手里托着硬币，递到她的面前。

她没有接，只是睁大了眼愣愣地望着我，显得有些不知所措。

“怎么，你不想给家里亲人拜年吗？”

“不——我非常想……我父母……已经离开人世了……国内只有一个妹妹，可家里也没有电话……”她说着说着眼中噙满泪水。

“那你……准备和谁通电话呢？”

“不，哦，我……只是想从你们的喜悦中分享一点幸福……”她忍不住用双手掩住了脸……

我的心被强烈震撼了。片刻之后，她从指缝中迸出了哭喊：“妈妈，我好孤独啊……”泪水顿时顺着她的脸颊簌簌而下。我未曾想到，在自己天涯孤旅的同胞中却还有人思情难诉，我不知该用什么来温暖她的心：

倏地，我想起什么，拉起她的手，奔进了身旁的电话间。我迅速地拨号、投币，然后焦急地等待……兰兰只是惊疑地瞧着我，直到听见我兴奋地喊：“妈——我是阿玲，妈，我这边有一位好朋友，她非常思念国内的亲人，但是……您和她说几句吧，您明白了吗？”

我把带着温馨的话筒递给她时，她激动得说不出话。但她听到话筒里传来热情的问候声时，突然哽咽着说道：“亲爱的阿姨——我叫兰兰，我给您老人家拜年啦……”

而我却陷入沉默之中，这里，还有澳洲的许多自动电话间里扬洒的斑斑泪迹，留下了一代中国留学生强烈思念故土的见证，也留下了祖国亲人带给他们的无限关切……

盲　道

佚　名

上班的时候，看见同事夏老师正搬走学校门口一辆辆停放在人行道上的自行车。我走过去和她一起搬。我说："车子放得这么乱，的确有碍校容。"她冲我笑了笑说："那是次要的，主要是侵占了盲道。"我不好意思地红着脸说："您瞧我，多无知！"

夏老师说："其实，我也是从无知过来的。两年前，我女儿视力急剧下降，到医院一检查，医生说视网膜出了问题，告诉我说要有充分的心理准备。我没听懂，问要啥充分的心理准备。医生说，当然是失明了。我听了差点昏过去。我央求医生说，我女儿才二十多岁呀，没了眼睛怎么行？医生啊，求求你，把我的眼睛挖出来给我女儿吧！那一段时间，我真的是做好了把双眼捐给女儿的充分的心理准备。为了让自己适应失明以后的生活，我开始闭着眼睛拖地、擦桌、洗衣做饭。每当晚自习给学生辅导完功课，我就闭着眼睛沿着盲道往家走。那盲道，也就两砖宽，砖上有十道杠。一开始，我走得磕磕绊绊的，脚说什么也踩不准那两块砖。在回家的路上，石头绊倒过我，车子碰伤过我，我多想睁开眼睛瞅瞅呀，可一想到有一天我将生活在彻底的黑暗里，我就是硬是不叫自己睁眼。到后来，我在盲道上走熟了，脚竟认识那十道杠！我真高兴，自己终于可以做个识路的盲人了！也就在这个时候，我女儿的眼病居然奇迹般好了！有天晚上，我们一家人在街上散步，我让女儿解下她的围巾蒙住我的眼睛，我要给她和她爸表演一回走盲道。结果，我一直顺利地走到家门口。解开围巾，我看见走在后面的女儿和她爸都哭成了泪人儿……”

听了夏老师讲述的故事，我开始深情地关注那条人间最苦的盲道，国内的，国外的，江南的，塞北的……我向每一条畅通的盲道问好，我弯腰捡起盲道上碍脚的石子。有时候，我一个人走路，我就对自己说：“喂，闭上眼睛，你也试着走一回盲道吧。”尽管我的脚不认得那十道杠，但是，那硌脚的感觉瞬间真切地从足底传到了心间。我明白，有一种挂念深深地嵌入了我的生命。痛与爱交织着，压迫我的心房。

就让盲道畅通地延伸吧！

千千阕歌

◘ 佚　名

17 岁那年上大学，母亲本说好了要送我，但在临走的那一刻却变了主意，兴高采烈、满怀着闯世界念头的我，并没有注意到她挥完手转过身去眼角的那一瞥闪光。父亲送我到车站，我还穿着个夏天一直穿着的短裤和背心，脖子卜挂着一串钥匙，满不在乎的样子，一种孩童似的想装潇洒的幼稚。父亲把钥匙从我的脖子上摘下来，说："你已经不是个孩子了，要学会照顾自己。"这时开车铃响了，父亲朝我挥手，然后身影越来越小，越来越淡，立成我 17 年中一直不变的风景。

那一路上我有初脱樊笼的快感，一直与人侃着，少年老成似的。而火车离父母是越来越远了。

第一学期有着新生通常的求知冲动，把饭钱省下来买书，弄得面色黄黄的，头发又很长时间未理，在脑后飘着。寒假回家，母亲来接站都没有认出我，直到我走到她身边，哑着嗓子喊了声“妈”，她才回过神来，接着便是夺眶而出的眼泪了。在这个冬天里，母亲每天天不亮就起床去集贸市场买肉，给我煨最喜欢吃的排骨汤补身子。当我狼吞虎咽的时候，她总是静静地坐在对面看着我，露出高兴和满足的样子。

然后便是暑假、寒假、暑假……岁月悠悠而过，让我历练出几分自以为是的“成熟”，有了几次离别之后，便对这套仪式看得比较淡了，每次都不要父母送，但他们每次都坚持要送，这似乎也成为一种仪式，没有太多的意义，在我看来。

某次快放暑假的一天，我穿过午后的校园，广播里响起了这首《千千阕歌》，心的硬核被音乐冲击出一个漏洞，并从那一点上开始破碎，那是我一直都忘却着的一种感觉，一丝情愫。在缠绵悱恻的音乐声中，我的眼前浮现出母亲眼角的闪光，父亲摘下我的钥匙串，冬夜里的排骨汤，我 17 岁那年夏天的短裤、背心……音乐陪伴着我走过整个午后校园，那结尾的 Repeat 还在一直响着，响着，使我感觉自己从未像今天这样长大，在我生命里一直回旋着这首歌曲。

原来离别总是美丽的，即使是眼泪，也“祈望可体恤兼见谅”，幼稚和无知也许是感触不到这种美丽的唯一错误。过去的十几年总以为自己已长大得足以去忽视这种情感，这种美丽在父亲看来，只要他们在，我就永远是孩子。母亲呵护而浓浓的爱，父亲严厉而淡淡的爱，纵使远隔万水千山，也气直伴随着我，激励着我，只是自己感觉不到而已。

这以后的几次别离都让我有了一种别样的情绪，每次坐在38次列车上，我总听到列车播音室播放这首《千千阕歌》。也许以前一直有，只有我感觉不到而已。每次我总会在心底轻轻和唱着，以前那些在父母膝下承欢的美丽岁月，如花一样地在脑海中次第绽开，是一生中最最美好、最最温柔、最最无瑕的回忆。

上次寒假为了一件小事和父亲怄气，并且粗暴地拒绝了他的“讲和”。到上车的时候，本想一个人偷偷溜走，却不知父亲已把行李包背在身上，去火车站的路显得如此漫长，父亲不停地叮嘱“回去后一定赶快来信，免得我们挂念”，“要注意身体，晚上早点睡觉，别熬夜”，“要舍得吃，营养要跟上，钱不够家里寄”，同样的话听了5年，我都听烦了，只是机械地应和着。上车后，我检查背包，发现里面偷偷塞了一袋水果和饼干，知道我有洁癖，不喜欢在火车上吃东西，父亲特地用消毒液把苹果浸泡一遍，还有一篇我即将要写的论文的参考书目，是父亲的笔迹，怕被水弄湿，他细心地用一个塑料皮套起来。我几天来努力营造起的矜持与冷漠，一瞬间如破碎的面具簌簌落下，我急忙朝车窗外望去，是一片黑暗，已离开站台很久了，我又忽视了父亲的道别。我静静地坐了许久，列车上的“点歌台”开播了，如同往昔一样，又是那首《千千阕歌》，又是那熟悉的曲调，我哭了，像个孩子似的，流着泪大声唱起来，周围的人都以诧异的眼光看着我，而我却并不在意，我为无知的冷漠而流泪，为平时觉得很“婆婆妈妈”的爸爸的细心流泪，为我迟到的愧疚流泪，让我在歌声中大声地再哭一次，再重温属于我们彼此的晚上，不管明天怎样，就让我再做一回不懂事的孩子，一个任性的孩子，一个穿着短裤和背心，挂着钥匙串上大学的孩子……

歌声越来越弱，渐至消失，但在我模糊的泪眼中，整个的晚上、整个的天空、整个的我 21 年的岁月都充溢着这首歌曲，唱彻千千遍，永不停止，阕阕回复……

来日纵是千千阕歌
飘于远方我路上
来日纵是千千晚星
亮过今晚月亮
都比不起这宵美丽
都洗不清今晚我所思
因不知哪天再共你唱……

父亲的鞋

◎ 佚　名

父亲节俭，在我稍微懂事时，我总能在人流中远远地辨别父亲那熟悉的身影：夏天他总是穿着一件深蓝色的汗衫，似乎除了那件汗衫之外，再没有其它的衣物能那么得体的穿在他身上。然而留在我脑海的记忆深处，能勾起我对父亲朴素印象的物件，却是父亲穿了多年的那双鞋。

那是一双普普通通的胶鞋，原本绿色的帆布已经被父亲洗得泛白，鞋内的底胶垫布早已残破不堪，露出乌黑的胶印。父亲的冬日几乎是穿着那双鞋度过。

曾记得那次上学，母亲为我买的小布鞋已被我穿得咧嘴大笑，我正发窘之际，父亲脱下他的那双鞋，自己却赤着脚丫，从床底下找出灰头土面的拖鞋，用破布擦拭后就趿在脚上，对我说道：“你先穿着这双解放鞋去上学吧，别迟到了。等会我吃完早饭上街给你买一双布鞋吧。”

我迟疑地望了望父亲，又白了一眼他手中拎的那双苍老的胶鞋，迟迟不肯伸手。父亲有点恼火，对我吼道：“发什么呆，还不赶紧穿上去上课！”

我轻声地嘀咕说：“爸爸，我穿着这双鞋去上学，会被老师同学们取笑的啊。”

父亲的火爆脾气上来了：“你说什么？你以为你爸是百万富翁吗？我穿着这双鞋好多年了，走到街上，又有谁笑话我过？怎么你小小年纪，还怕人家笑话你？我问你，你的书到底念到哪去了？难道你们老师就是教你们穿好，比谁穿戴得气派吗？”

我心里充满了委屈，我怕看到父亲愤怒的脸色。我眼里含着泪水，十分不情愿地穿上原本穿在父亲脚上的那双胶鞋，背起沉重的书包，匆匆忙忙地朝学校跑去。

快到学校门口，我的内心迟疑了一下，低头望了望脚上那双鞋子，眯起眼帘，心中有一种说不出的痛苦：父亲的那双鞋是那么的苍白和憔悴，穿在我的脚丫上，是那么的别扭和不自然。我在校门口徘徊了许久许久，直到上课的铃声响起，我还是没有勇气走进去。我怕我的老师用不屑和轻蔑的眼神审视着我，我怕同学们用嘲笑和暧昧的眼光来伤害我。那一时那一刻，我的自尊心是那么的刻薄与挑剔，它容不得我有半点的宽余，来坦然面对。

我咬了咬牙根，猛然脱下那双不属于自己脚丫子的胶鞋，把它扔进自己本来已经沉甸甸的书包中，光起脚板，冒着刺骨的寒风，匆匆忙忙地向教室奔去。

临近教室，隐隐约约的传来同学们早读的朗诵声。我心里咯噔了一下：完了！今天我又迟到了。我哆哆嗦嗦地站在教室门口，大声嚷道："报告!"

老师放下手中的课本，用眼角的余光瞟了我一眼："进来，今天你迟到了这么久，请你自动站在后排上完这节课吧。"

一位同学举起手，站起来对讲桌上的老师说道："报告老师！他没穿鞋子就跑来上课。"

老师诧异地朝我走了过来，从头到脚把我审视了一遍："你的鞋呢？"

"我的鞋子在家里，忘了穿……我……"我低下了头，不敢抬起头来。

老师对着全班同学说道："你们瞧瞧，这位同学这么粗心大意，连上学都把鞋子忘在家里，你们说，像他这样一丢二落四的，怎么能把学习学好呢？"

同学们哄堂大笑起来。此刻我成了老师同学们最好的开心早餐。老师顿了顿，朝我厉声喝道："先回到你的座位上去，把你的课本掏出来，你该不会连课本都忘在家里吧。"

我不假思索，慌忙把课本从书包里掏了出来，不想刚才塞进书包的一只胶鞋被顺手带了出来，叭的一声，掉在地上。老师张大眼睛，望着地上那被挤得干瘪的落魄鞋，嘴角荡起笑道：“想不到你的鞋子跟你这么要好，你把它忘在家里，它却自动跟你来上学了。”

老师的这番话逗得同学们哈哈大笑，此时此刻的我，满脸通红，恨不得找个地缝钻进去。唉！当时那个尴尬啊，甭提多难受了。

老师见我那个窘样，不想太为难我，轻轻地拍了拍我的脑袋，说：“把鞋穿上，赶紧回座位去，下次可别迟到了。”

那个上午，我不知道是怎么过来的，我趴在桌上，把头埋进桌子下，怎么也不敢抬起头来。我委屈、我尴尬、我痛苦，以至于痛恨起父亲的那双鞋来，我想等到下课时偷偷地把那双鞋丢到垃圾堆，可是父亲早晨光着脚板的那一幕又浮现在眼前，我思前想后，最终还是不忍心把父亲的那双鞋丢了，至少那双鞋当时穿在我的脚上，有着父亲带给我的一丝暖意……

当天中午回家之时，父亲早就站在门口张望，看到我一蹦一跳的走来，对我说道：“快去把鞋换了吧，我为你新买了一双布鞋。”父亲说完，把我领到房间，把一双崭新的小布鞋塞到我手中，说：“看看，满意不？”

我迫不及待地脱下父亲的那双不合脚的胶鞋，美滋滋地穿上新布鞋，欢快雀跃起来。

父亲对着我笑眯眯地点点头，把属于他的那双胶鞋穿在脚下。我迷惑不解地问父亲：“爸爸，瞧你脚上那双鞋，已经很破很破啊，你为什么不给自己也买双新鞋子呢？”

父亲点燃了一段烟屁股说道："唉！不是你老爸我不喜欢穿新鞋子，我这是节约啊。你知道吗？老爸我不节俭，怎么供你读书，养你吃饭呢？"父亲边说边从鞋柜里翻出一双大大的皮鞋，淡淡地对我说道："爸爸不是没有鞋子，吶，这双皮鞋是当年爸爸和你妈结婚时叫人定做的，我只穿过两三次，这皮鞋不合脚，把我的脚都磨出泡了。我之所以喜欢这双解放鞋，是因为它穿起来很合适，而且又耐磨。你看我这双鞋都穿了好几年了，它还是那么耐穿，而给你买的那些布鞋，你看看你，没穿多久就坏了，而且价格又那么贵，买你的一双布鞋，可以买这种解放鞋两双了。"

我撇了撇嘴，露出不屑的眼神。父亲看了我一眼说："你呀，真是身在福中不知福，想我当年上学时，还穿过草鞋去上课呢，哪像你现在这么挑剔。"

多年以后，当我第一次用汗水换来我的劳动所得时，我特意跑到商店里为父亲买了一双厚棉鞋，我生怕寒冷的冬天里，父亲还穿着那双破旧的薄底胶鞋，我生怕我的父亲被寒风吹红了双脚。当我把新买的棉鞋递给父亲时，父亲的脸上洋溢着幸福的微笑。然而令我不解的是，父亲依然穿着那双似乎永远属于他的鞋子，而把那双厚棉鞋珍藏在他的鞋柜中，在里边放上防虫的药丸，再用塑料薄膜包妥。父亲接过棉鞋时的那句话至今在我的耳边回荡："鞋我收下了，留着以后穿吧！最重要的是你的这份孝心，我就心满意足了！"

两条路

◎ （德国）里克特

新年的夜晚。一位老人伫立在窗前。他悲戚地举目遥望苍天，繁星宛若玉色的百合漂浮在澄静的湖面上。老人又低头看看地面，几个比他自己更加无望的生命正走向它们的归宿——坟墓。老人在通往那块地方的路上，也已经消磨掉60个寒暑了。在那旅途中，他除了有过失和懊悔之外，再也没有得到任何别的东西。他老态龙钟，头脑空虚，心绪忧郁，一把年纪折磨着老人。

年轻时代的情景浮现在老人眼前，他回想起那庄严的时刻，父亲将他置于两条道路的入口——一条路通往阳光灿烂的升平世界，田野里丰收在望，柔和悦耳的歌声四方回荡；另一条路却将行人引入漆黑的无底深渊，从那里涌流出来的是毒液而不是泉水，蛇蟒满处蠕动，吐着舌箭。

老人仰望苍天，苦恼地失声喊道："青春啊，回来！父亲哟，把我重新放回人生的人口吧，我会选择一条正路的！”可是，父亲以及他自己的黄金时代都一去不复返了。

他看见阴暗的沼泽地上空闪烁着幽光，那光亮游移明灭，瞬息即逝了。那是他轻抛浪掷的年华。他看见天空中一颗流星陨落下来，消失在黑暗之中。那就是他自身的象征。徒然的懊丧像一支利箭射穿了老人的心脏。他记起了早年和自己一同踏入生活的伙伴们，他们走的是高尚、勤奋的道路，在这新年的夜晚，载誉而归，无比快乐。

高耸的教堂钟楼鸣钟了，钟声使他回忆起儿时双亲对他这浪子的疼爱。他想起了儿时父母的教诲，想起了父母为他的幸福所作的祈祷。强烈的羞愧和悲伤使他不敢再多看一眼父亲居留的天堂。老人的眼睛黯然失神，泪珠儿泫然坠下，他绝望地大声呼唤：“回来，我的青春！回来呀！”

老人的青春真的回来了。原来，刚才那些只不过是他新年夜晚打盹儿时做的一个梦。尽管曾犯过一些错误，眼下却还年轻。他虔诚地感谢上天，时光仍然是属于他自己的，他还没有坠人漆黑的深渊，尽可以自由地踏上那条正路，进入福地洞天，丰硕的庄稼在那里的阳光下起伏翻浪。

依然在人生的大门口徘徊逡巡，踌躇着不知该走哪条路的人们，记住吧，等到岁月流逝，你们在黢黑的山路上步履踉跄时，再来痛苦地叫喊：“青春啊，回来！还我韶华！”那只能是徒劳的了。

一堂音乐课

王周生

我有幸在费城密富林小学旁听了儿子的一堂音乐课，真是生动无比，其乐无穷。

那是一个冬天的上午，大雪覆盖了街道、房顶和学校的操场，太阳露出苍白的笑脸，寒风飕飕地刮个不停。我往学校走去，睫毛上沾着冰霜，浑身冰凉，只想赶快暖和暖和。

我跟着二年级的一个班进入教学大楼，暖气顿时使人觉得像春天一样，一进音乐教室，迎面扑来一股生动活泼的气氛，宽敞的教室布置得五彩缤纷。一排排椅子围成半圆形，面对着一架立式电子琴。四面墙上贴着各种有趣的图画，有米老鼠唐老鸭，有在五线谱上跳跃的各种可爱的小动物，有在童话书中看见的那种幽静甜美的风景，有白马王子和美丽的公主，甚至玻璃窗上都有鸡、猫、狗、兔在引吭高歌。

音乐课由两位老师上，这和上其他课一样，一个主讲老师和一个助理老师。主讲老师专管上课，助理老师管改作业，维持秩序。这两位老师是费城坦普尔大学音乐学院的学生，在小学兼职。这天，教一首名叫“兔子先生”的歌，一个老师弹电子琴，另一个教歌。她给全班二十几个学生每人发一个敲击乐器，一边教唱，一边让同学们合着电子琴声敲击，掌握节奏。童声、乐器声中，电子琴声响成一片，格外动听。

教了几遍，老师叫所有小朋友站起来围成圆圈跳舞。这下，叽叽喳喳像开了锅。歌词的第一段是说兔子先生有一双红靴子，老师不假思索就把自己脚上的红靴子脱下来，给一个小女孩穿上，自己赤脚站在地板上拉着女孩边唱边跳。那女孩穿着大靴子，摇摇摆摆特别滑稽。我坐在那里，看着孩子们笑得合不上嘴，惊奇极了，老师赤脚和孩子们胡闹，这在中国人看来，疯疯癫癫成何体统!

歌词的第二段是说兔子先生有一对长耳朵，老师把做好的纸耳朵戴在我儿子的头上，他看看我，有些害羞，可是当老师拉着他跳起来时，他尽情地笑开了。那长耳朵直竖的模样煞是可爱，我禁不住也笑了。歌词的第三段是说兔子先生有一条短尾巴，老师拿出一条尾巴要夹在另一个男孩的屁股上，那男孩忸怩不肯，拿眼睛直瞅我。孩子们哧哧笑着，老师边笑边劝说。看来是我这不速之客使他难为情，我看着他，真诚地对他点着头，他终于撅起屁股让老师把尾巴夹在裤子上，这时，大家笑成一团。

情绪达到了高潮，老师领头，孩子们一个拉着一个学着兔子先生骄傲的模样，昂首挺胸唱着、跳着，突然我被大家团团围住，他们邀请我加入跳舞的行列，我不由自主地站起来，拉着老师的手移动脚步。噢！那赤着双脚的老师，那套着红靴子像唐老鸭似的女孩，那戴着长耳朵和夹着短尾巴的男孩，那优美的琴声，那足以把屋顶掀翻的笑声……生活是多么美好，谁把美和欢乐带给人们，谁就该是最好的老师，对这两个音乐老师，我还有什么可挑剔的呢?

我突然感到很热，我知道，那不是因为屋子里的暖气。

怀念老师

◎佚　名

前几天，我最尊敬的一位老师不幸病逝了。

二十多年了，老师瘦长的身影时常浮现在眼前。

初见老师，好像是高中第一天的第二堂课。老师一袭蓝布中山装，套在他瘦高的身上显得有点肥大，背又有点佝偻，因此更显滑稽。就这么站在教室门口猛吸烟，等到第二遍铃声响过，扔掉烟头，带着不太自然的微笑走上讲台，然后在黑板上手书三个大字“左郁文”，清秀的行书，像他身躯一样瘦，看手势像是用尽全力在写，但字迹却缺少遒劲的力度。老师说，这个名字是祖父给起的，出自《论语》“周监于二代，郁郁乎文哉。吾从周”之句。第一印象是老师有点腼腆，像个农民。

一个星期后，老师的底细就基本摸清了。

学校为升学率计，招来了两个民间能人，一个是刘礼吾，另一个就是左郁文。刘礼吾是我们的班主任，颇有学者风度，据说砖头厚的书籍能够倒背如流。有从仙槎桥来的同学，说左老师原来是个铁匠，家庭出身是地主富农之类的，反正是那个时代在政治上抬不起头的。考大学是高分，但未被录取，就因出身问题，现在在研究明史，准备报考研究生，等等。

老师上课一般是不带讲义的，一根粉笔，一把刷子，写得少，讲得多，精彩处手舞足蹈。不过，难得见他激动一回，总是那么轻言细语，就算是我们这帮坐在后排的捣蛋角色干与课堂无关的事，他也顶多是带着一脸调侃的笑容，边讲课边从你身边走过，看你的眼神里没有愤怒，没有责备，我从他眼神里读到的是父兄般的抚慰，也有对少年心性的理解，当然也带有那么一丝对不谙世事的晚辈的轻蔑成分。实在不行，他就开始讲故事了，名人轶事、诗词典故等，经他嘴里说出来，就有了一种不同的味道，往往这个时候是教室里最安静的时候。有时候也玩点文字游戏，像成语接龙、拆字对联等等，曾经掀起过一阵对联热，同学们到处收集那些“冰冷酒，一点、两点、三点”，“清明挂青，子打纸，坟前焚钱”之类的奇联、怪联。说来好笑，有时课堂纪律好了，老师不讲故事了，我等几个就会商量着：是不是该促进一下了？

现在想来，在文字方面受益最大的应该来自左老师，虽然老师不教我们语文，但老师教给我们的语文知识比他的正课似乎更多，现在提倡的素质教育其实左老师早有示范。

在我所有的老师中，左老师应该是印象最深刻的。但说来惭愧，自从参加工作之后，就再也没有见过老师，也没有联系过。近几年时常在报上看到署名“左郁文”的文章，完全是大家手笔，不敢肯定就是老师写的，世上同名同姓者多矣。再者，老师一个文弱书生，那么温文儒雅的一个人，性格内敛，未必能写出那么多锋芒毕露的文章来。另外，自己也有一些自卑的想法，在老师那受教颇多，到如今一事无成，总觉得难以启齿。所以几次想打电话证实一下，总是犹豫难决。那天看到讣告，心里猛地一震，赶紧回家上网搜索了一下，发现有与老师熟悉的人，发信息一问，果然就是原来老师早已著作等身，《一吐集》、《两半集》、《三晶集》、《四顾集》等等，已成一系列杂文、散文集。其杂文针砭时事，一针见血，有人形容为“温柔的解剖刀”；其散文清新隽永，用词遣句颇有古风，别具一格。唉，读书时用功不够，如今又永远错过向老师讨教的机会了……

斯人已逝，此心戚戚。说什么都是无用的了，唯有用心去体会老师的精义，做个纯良真诚的人。

考验老师

◎ （美国）艾尔·约翰逊

有个名叫卡莉·韦斯特的女生，使我取得了一项大胜利。我第一天授课时，曾在班上宣布：“我只有一条规则——尊重你自己和教室里所有其他的人。如果你不懂得尊重自己，就自然也不懂得尊重别人。如果你不懂得尊重自己，那就代表你有问题。我们会纠正这回题，因为人人都有享有个人尊严的权利。” 后来，卡莉突然莫名其妙地有了一种“不好的行为”。我讲话的时候，她会直望着我的眼睛，大声打哈欠。她的哈欠总是历时长久又动作夸张，还具有感染力，会使许多别的学生也都打起哈欠来。

卡莉每打完一个哈欠，都会露出可爱的笑容，并且装作很诚恳地道歉。当然，我和她都知道她一点也无歉意。这显然是对教师的考验。

“打个电话给她父亲”，海尔·葛雷向我建议，“你打了个电话到他们家里去之后，那些孩子就会突然乖起来。”

“可是以前我读书时，如果有个老师打电话到我家，说我行为不好，我父亲必定把我痛打一顿。”我说。

“你不必提起她在教室里的行为不好，”海尔说，“你只要跟她母亲或者父亲闲聊几句，她就能够会意了。”

我不喜欢这么做。她的父母会问我她在学校里乖不乖，而我只能据实相告，不过我总得想个办法。也许可以写封短信给她父母，这样，我就可以随便说什么，又不必答复他们提出的问题。然而，要是我坦白告诉韦斯特夫妇卡莉在教室里捣乱，他们就被迫要表明立场。如果他们要偏袒女儿，我就输了。

终于，我写了封短信给韦斯特夫妇，告诉他们说，我对于有卡莉这样的孩子在我班上，感到非常高兴，因为她聪明伶俐，风趣可爱，而且成绩不错，总平均是乙。我没有给信封口。第二天，卡莉第一次打哈欠之后，我就把信递给了她，请她交给父母。她当然偷看了。这是卡莉最后一次在教室里打哈欠。

到了下星期一，她走到我的讲桌前。“强森小姐，谢谢你那封信，”她说，“我母亲把它贴在了冰箱上让大家看。在我家，那里就是光荣榜。不过我父亲不相信我在你教的那科能拿到乙。”

“我看不出为什么不能，”我回答说，“你很聪明，总是最先交作业。”

“不错，”卡莉说，“但是我从未得过甲。”

“那是因为你总是不能把作业做完。如果你把作业做完，你会得甲的。”

“可是我的测验成绩也从未得过甲，”卡莉说时，低头瞧着她的笔记本，“我总是拿丙。”

“你是否从来不温习？”

“是的。”

“我敢打赌，要是你肯用功温习，就会拿甲。”我用手指轻敲她的笔记本，直到她抬起头来看着我。“我是说真的。”

“你确实认为我很风趣？”她问。

“是的。”我点头说。

下一次考试时，卡莉拿到了乙上。到了年底，她英文的成绩进步到了甲。

这个成就令我大为鼓舞，我决定给每一个学生写信。我分三批写。第一批写给“坏”学生，因为我认为他们最需要鼓励。有时候我要想很久才能想到些好话，但是我从不说假话。我在每一封信里都说，由于这孩子品性纯良、彬彬有礼、善于与人相处，我对于有他在我班上，感到很开心。

我的功夫并没有白费，只有少数学生依然故我，大部分都已改变了以往的不足。杰森不再是个贫嘴的小鬼，他已成为一个“聪明机智的年轻人，班上举行讨论时，他的言论常常能够提供一点人人欢迎的风趣”。雪莉是个成绩只勉强及格的学生，但是她“总是把头抬得高高的，充满自信，觉得自己是个衣着不俗而举止高雅的少女”。

给“模范学生”的信很容易写。我赞扬他们字写得好，不缺课，测验分数高。而且我也没有忘记称赞他们的行为和性情，因为孩子对这些比对学生荣誉重视得多。

我开始写第三批信给那些既不特别好，也不特别坏的“中间”学生时，发觉自己对他们之中的一部分人竟然毫无印象。然后，我开始反省为什么会有那么多好孩子这么容易在我这儿会受到遗忘。他们说话不粗声粗气、举止比较斯文、性格不偏激。他们不惹是生非，也不喜欢出风头。他们在莘莘学子中默默无闻，而他们之所以会这样，往往是出于自愿，但有时则是由于被别人比了下去。

最后一批我写得特别小心，花了许多时间。我把它们分发给学生时，双眼一直看着他们的脸，直到看到他们也对我回看，才把视线移开。给每个学生都写信之后，我感觉到学生渐渐对我都亲密起来。那种感受美妙极了。我发觉教室里的气氛也已改变，那些学生也真正相信我对他们每个人都有了认识，对我不再采取对立的态度了。我们互相尊重。

一千张糖纸

◎ 铁　凝

小学一年级的暑假里，我去北京外婆家作客。正是“七岁八岁讨人嫌”的年龄，外婆的四合院里到处都有我的笑闹声。加之隔壁院子一个名叫世香的女孩子跑来和我做朋友，我们两人的种种游戏更使外婆家不得安宁了。

我们在院子里跳皮筋，把青砖地跺得砰砰响；我们在枣树下的方桌上玩“抓子儿”，“羊拐”撒在桌面上一阵又一阵哗啦啦啦、哗啦啦啦；我们高举着竹竿梆枣吃，青青的枣子滚得满地都是；我们比赛着唱歌，你的声音高，我的声音就一定要高过你。外婆家一个被我称做表姑的人对我们说：“你们知道不知道什么叫累呀？”我和世香互相看看，没有名堂地笑起来——虽然这问话没有什么好笑，但我们这一笑便是没完没了，上气不接下气。是啊，什么叫累呢？我们从来没有思考过累的问题。有时候听见大人说一声“喔，累死我了!”我们会觉得那是因为他们是大人呀，“累”距离我们是多么遥远呵。

当我们终于笑得不笑了，表姑又说：“世香不是有一些糖纸吗，为什么你们不花些时间攒糖纸呢？”我想起世香的确让我参观过她攒的一些糖纸，那几十张美丽的玻璃糖纸，被她夹在一本薄薄的书里。我可既没有对她的糖纸产生过兴趣，也不打算重视表姑的话。表姑也是外婆的客人，她住在外婆家养病。

世香却来了兴致，她问表姑说：“您为什么让我们攒糖纸呀？”表姑说糖纸攒多了可以换好东西，比方说1000张糖纸就能换一只电动狗。我和世香被表姑的话惊呆了：我们都在百货大楼见过这种新式玩具，狗肚子里装上电池，一按开关，那毛茸茸的小狗就汪汪叫着向你走来。电动狗也许不会被今天的孩子所稀奇，但在二十多年以前，在中国玩具单调、匮乏的时代，表姑的允诺足以使我们激动很久。那该是怎样一笔财富，那该是怎样一份快乐！更何况，这财富和快乐将由我们自己的劳动换来呢。

我迫不及待地问表姑糖纸攒够了找谁去换狗，世香则细问表姑关于糖纸的花色都有什么要求。表姑说一定要透明玻璃糖纸，每一张都必须平平展展，不能有皱褶。攒够了交给表姑，然后表姑就能换给我们电动狗。

1000张糖纸换一只狗，我和世香若要一人一只，就需要

2000张糖纸。这不是一个小数目，但我们信心百倍。

从此我和世香再也不跳皮筋，再也不梆枣吃了，再也不抓子儿了，再也不扯着嗓子比赛唱歌了。外婆的四合院安静如初了，我们已开始寻找糖纸。

当各式各样的奶糖、水果糖已被今日的孩子所厌倦时，从前的我们正对糖寄予着无限的兴趣。你的衣兜里并不是随时有糖的，糖纸——特别是包装高档奶糖的玻璃糖纸也不是到处可见。我和世香先是把零花钱买了糖——我们的钱也仅够买了几十块高级奶糖，然后我们突击吃糖，也不顾糖把嗓子齁得生疼，糖纸总算到手了呀；我们走街串巷，寻找被人遗弃的犄角旮旯的糖纸，我们会追随着一张随风飘舞的糖纸在胡同里一跑半天的；我们守候在食品店的糖果柜台前，耐心等待那些领着孩子前来买糖的大人，等待他们买糖之后剥开一块放进孩子的嘴，那时我们会飞速捡起落在地上的糖纸，或是“上海太妃”，或是“奶油咖啡”；我们还曾经参加世香一个亲戚的婚礼，婚礼上那满地糖纸令我们欣喜若狂。我们多么盼望所有的大人都在那些日子里结婚，而所有的婚礼都会邀请我们!

我们把这些皱皱巴巴的糖纸带回家，泡在脸盆里使它们舒展开来，然后一张一张贴在玻璃窗上，等待它们干后再轻轻揭下来，糖纸平整如新。

暑假就要结束了，我和世香每人都终于攒够了1000张糖纸。在一个下午，表姑午睡起来坐着喝茶的时候，我们走到她跟前，献上了2000张糖纸。

表姑不解地问我们这是干什么，我们说狗呢，我们的电动狗呢？表姑愣了一下，接着就笑起来，笑得没完没了，上气不接下气。待她笑得不笑了，才擦着笑出的泪花说："表姑逗着你们玩哪，嫌你们老在院子里闹，不得清静。"

世香看了我一眼，眼里满是悲愤和绝望，我觉得还有对我的藐视——毕竟，这个逗着我们玩的大人是我的表姑啊。这时我忽然有一种很累的感觉，我初次体味到大人们常说的累，原本就是胸膛里那颗心的突然加重吧。

我和世香拿回我们的糖纸来到院里，在院子门口，我把我精心"打扮"过的那1000张糖纸扔向天空，任它们像彩蝶一样随风飘去。

我长大了，在读了许多书识了许多字之后，每逢看见"欺骗"这个词，总是马上联想起"表姑"这个词。两个词是如此紧密地在我意识深处挨着，岁月的流逝也不曾将它们彻底分离，让我们相信大人在轻易之间就能够深深伤害孩子，而那深深的伤害会永远地藏进孩子的记忆。

孩子是可以批评的，孩子是可以责怪的，但孩子是不可以欺骗的，欺骗本是最深重的伤害。

我们已经长大了，可所有的大人不都是从孩童时代走来的吗？

朱 莉

◎ 秦文君

我们班的女生公认世上最难听的绰号猪八戒。被男生起个妖气的外号，比如“白骨精”，虽然是件伤心的事，但若起个与猪八戒有关的绰号那就更让人感觉天昏地黑。猪八戒不但胖成一团，还粗俗丑陋，女孩们忍无可忍。

渐渐地，那些粗野的男孩也察觉了这一点，老把“猪八戒”挂在嘴上，弄得一些稍胖的女孩，或者是姓氏上与“猪”谐音的都时时提防着。

只有朱莉例外。

朱莉是个长得粗笨的女孩，她眼睛很小，嘴唇厚厚的，有时她头上戴一朵花，但给人的感觉是花美而不是她人美。一般说来，朱莉见了同学就笑眯眯的，不多说话，也不引人注目。

一次上体育课，男生一组、女生一组练球，可男生们很贪心，女生组的球一滚到他们那儿就给扣下了。

女生们围在一堆抱怨。朱莉突然说："我去讨球。"

朱莉奔过去，出其不意地抱过一只球，男生们追上来夺，她高大有力，用肩膀一撞，他们全到一边去了。

男生们很生气，当场给了她几句怪话，说她力气比猪八戒大。许多人笑了，因为朱莉是丑，也粗，一双手厚厚大大。

隔了一学期，学校的编织组开展览会，大家都轰动了，那里面许多精致的织品，像眼睛毛茸茸的温顺的小羔羊，甲壳五彩缤纷的小乌龟，编织者竟然是朱莉，听说她的编织还在区里得了奖。

班里许多人向朱莉求教，她笑眯眯地，一双厚厚的手灵巧极了，使许多原以为她愚笨的人都无话可说。相反，谁学得慢，朱莉并不说刺耳的话，她性格温和，同她在一起让人开心。后来，关于朱莉的那个绰号就自动消失，反而她的名字就同聪明、细致这些美好的字眼联系在一块了。

说来也怪，跟朱莉熟了，居然不觉得她丑，她的小眼睛聪慧有神，厚嘴唇却显得大气而朴实。不知是朱莉女大十八变真的漂亮起来，还是世上人物最重要的不是区分丑和美，而是分出讨厌和可爱的人。

我和爷爷过“十一”

王佳韵

爷爷今年满 80 岁了，耳不聋，眼不花，精神头十足。自从奶奶去世后，他坚持一个人生活，任凭我们磨破了嘴皮子，也未能说服他。直到最近事情有了转机，国庆节前几天，借着建国 60 周年的喜庆气氛，我和爸爸如愿以偿地把爷爷接到了我们家。

60 年前，爷爷是一个 20 岁的小伙子，也是东北野战军解放军官教导团的一名军人。一身戎装的他，英气逼人，用我们 90 后的话来说，那就是帅呆了、酷毙了。真的，你还别不信，有一张我们家珍藏了几十年的泛黄照片为证。

爷爷是军人出身，建国 60 年的大阅兵当然不能错过。吃罢早饭，全家人早早坐在电视机旁，我紧紧地依偎在爷爷的身旁，等待着激动人心的时刻到来。

10时37分，陆海空三军仪仗队护卫军旗通过天安门，拉开了建国60周年阅兵分列式的序幕。接受检阅的是由人民解放军、武装警察部队和民兵预备役部队组成的14个徒步方阵，500余台地面装备组成的30个装备方队，和由陆海空三军航空兵151架战鹰编成的12个空中梯队。场面恢弘，气势壮观，看得我们全家人心潮澎湃、热血沸腾，爷爷的身体自始至终都在微微地颤动。

看完大阅兵，爷爷取出了一枚徽章放在我的手心，徽章正面中央是一幅东北简明地图，地图上插一面“八一”军旗，并有“解放东北纪念”和“1948年”的字样。我知道这是爷爷的至爱宝贝，但从今天起，这枚“解放东北纪念章”的所有权转移了，由我珍藏，直至永远。

迟到

林海彦

我的父亲很疼我，但是他管教我很严很严。有一件事我永远忘不了……

当我在一年级的时候，就有早晨赖在床上不起来的毛病。每天早晨醒来，看到阳光照到玻璃窗上了，我的心里就是一阵愁。心想，已经这么晚了，等起来，洗脸、梳头、换制服，再走到学校去，准又是一进教室就被罚站在门边，同学们的眼光会一个个向你投过来。我虽然很懒惰，可是也知道害羞呀！所以又愁又怕，常常都是怀着恐惧的心情，奔向学校去。最糟的是，爸爸是不许小孩子上学乘车的，他不管你晚不晚。

有一天，从早晨起就下大雨，我醒来就知道不早了，我听着不停的大雨，心里愁得不得了。我上学不但要迟到了，而且在这夏天的时候，还要被妈妈打扮得穿着肥大的夹袄，一路走到学校去。想到这么不舒服的上学，我竟很勇敢的赖在床上不起来了。

等了一下，妈妈进来了。她看我还没有起来，吓了一跳，催促着我，但是我皱紧了眉头，低声向妈哀求说：

“妈，今天已经晚了，我就不要去上学了吧？”

妈妈就是做不了爸爸的主，当她转身出去，爸爸就进来了，他站到床前，瞪着我：

“怎么不起来？快起！快起！”

“晚了，爸！”我硬着头皮说。

“晚也得去，怎么可以逃学？起！”

一个字的命令最可怕，但是我怎么啦？居然有勇气不挪动。

爸气极了，一下把我从床上拖起来，从桌上抄起一把鸡毛掸子，我挨打了！

爸把我从床头打到床尾，外面的雨声混合着我的哭声。最后还是冒着大雨上学去了，我像是一只狼狈的小狗，被宋妈抱上了洋车。第一次花五大枚，坐车去上学。

我坐在放下雨篷的洋车里，一边抽抽搭搭地哭着，一边检查我的伤痕。那一条条鼓起的鞭痕，红肿的，而且发着热。我把裙子向下拉了拉，想遮盖住最下面的一条伤痕，我是怕同学看见了要耻笑我。

虽然迟到了，但是，老师并没有罚我站，这是因为下雨天可以原谅的缘故。

老师教我们先静默再读书，坐直身子，手背在身后，闭上眼睛，静静地想5分钟。老师说：想想看，你是不是听爸妈和老师的话？昨天留的功课有没有没做好？今天功课全带来了吗？早晨跟爸妈有礼貌的道别了吗？……我听到这儿，鼻子不禁抽搭了一大下，幸好我的眼睛是闭着的，泪水不至于流出来。

正在静默的当中，有人拍了我的肩头一下，我急忙睁开了眼，原来是老师站在我的位子边。他用眼势告诉我，让我向教室的窗外看去。我猛一转头，原来是爸爸站在窗外那瘦高的影子！我刚安静下来的心又害怕起来了！爸爸为什么追到学校来？爸爸点头招我出去了，我看看老师，征求他的同意。老师微笑的点点头，表示答应我出去。

我走出了教室，站在爸面前。爸没说什么，打开了手中的包袱，拿出来的是我的花夹袄。他递给我，看着我穿上，又拿出两个铜板给我。

后来怎么样了，我已经不记得。由于这件事，我从此一生做一个守时守信的人。

咕咕叫的肚子

杨红樱

我一直羡慕漫画书上的美少女都有细细的小腰、细细的长腿。我在穿衣镜前照，我的腰不粗，但不是美少女那样的细腰；我的腿也不粗，但不是美少女那样的细腿。我想有美少女那样的腰，我想有美少女那样的腿，所以我必须减肥。

早上我只喝了一杯白开水，就去上学了。

肥猫一来，我就闻到他书包里有一股牛肉饼的香味儿。我耸耸鼻子，故意问道："什么怪味儿？"

"中国汉堡包。"肥猫神气地说，"怎么，你没吃过呀？"

"肥猫，难道你从来没想过减肥吗？"

"减肥？我营养不良怎么办？"

我说："全世界的人营养不良，你也不会营养不良。"

"减肥的都是大傻瓜。越减越肥！"

可恶，他等于在骂我是大傻瓜。

上午一、二节课还没什么，第三节课是体育课，我开始感到饿了，浑身无力，偏要考仰卧起坐。作为本期的体育成绩，仰卧起坐的及格标准是“32 个及格”；平时，50 个我也能做；可是今天，我只做了 24 个就再也起不来了。教体育的江老师非常生气，他冲着我直嚷：“夏雪儿，你是怎么搞的？你知不知道体育成绩不及格是不能当三好学生的？”

我只好对江老师说，我今天身体不舒服，请他允许我下一次补考。江老师气哼哼地勉强同意了。

第四节课是英语课，我已饿得眼冒金星，肚子还一个劲儿地咕咕叫。有生以来，我第一次尝到了饥饿的滋味是这么难受，老师讲的什么我一句都没听进去。

偏偏这时候，肥猫书包里的“中国汉堡包”的香味儿直往我鼻子灌，害得我不停地咽口水。

口水咽进肚子里，肚子里的叫声越来越响，肥猫终于听见了。他伸长了脖子到处找，问我听见什么声音没有？我只好对他说我没听见。

我怕肥猫听出来是我的肚子在叫，就故意找他说话。肥猫一副爱理不理的样子，我还是有一搭没一搭地找他说话。教英语的欧阳老师开始注意我了，她请我站起来回答问题。我站起来了，可是我没听见她提的是什么问题。正不知该怎么回答的时候，我那讨厌的肚子“咕——”地叫了一声。我看见肥猫一脸的怪笑，我想他已经听出是我的肚子在叫了。

欧阳老师走近我，她也听见了叫声，但她以为是我在说话。

“你说什么？”

“她说 good。”肥猫故意使坏，我看见许多人捂住嘴巴在笑。“你说什么，夏雪儿？”欧阳老师很生气，“你上课一向很乖，今天你是怎么搞的？”

真恨不得地上有一条缝儿，我可以钻进去。我恨死了肥猫，当然，也恨死我自己，谁让我要减肥呢？真应了肥猫的那句话：减肥的都是大傻瓜。

胆小鬼

三 毛

这件事情，说起来是十分平淡的。也问过好几个朋友，问他们有没有同样的经验，多半答说有的，而结果却都相当辉煌，大半没有挨打也没有被责备。

我要说的是——偷钱。

当然，不敢在家外面做这样的事情，大半是翻父母的皮包或口袋，拿了一张钞票。

朋友们在少年的时候，偷了钱大半请班上同学吃东西，快快花光，回去再受罚。只有一个朋友，偷了钱，由台南坐火车独自一人到台北流浪了两天，钱用光了，也就回家。据我的观察，最后那个远走高飞的小朋友是受罚最轻的一个，他的父亲在发现人财两失的时候，着急的是人，人回来了，好好看待失而复得的儿子，结果就舍不得打了。

小孩子偷钱，大半父母都会反省自己，是不是平日不给零用钱才引得孩子们出手偷，当然这也是比较明理的一派父母。

我的父母也明理，却忘了我也需要钱，即使做小孩子，在家不愁衣食，走起路来仍期望有几个铜板在口袋里响的。

那一年，已经小学3年级了，并没有碰过钱，除了过年的时候那包压岁钱之外。而压岁钱也不是给花的，是给放在枕头底下压着睡觉过年的，过完了年，便乖乖地交回给父母，将数目记在一个本子上。大人说，要存起来，做孩子的教育费。

并不是每一个孩子都期待受教育的，例如我大弟便不，他也不肯将压岁钱缴还给父母。他总是在过年的那3天里跟邻居的孩子去赌扑克牌，赌赢了下半年总有钱花，小小年纪，将自己的钱支配得当当心心，而且丰满。

在我们的童年里，小学生流行的是收集橡皮筋和《红楼梦》人物画片，还有玻璃纸——包彩色糖果用的那种。

这些东西，在学校外面沿途回家的杂货铺里都有得卖，也可以换。所谓换，就是拿一本用过的练习簿交给老板娘，可以换一颗彩色的糖。吃掉糖，将包糖的纸洗干净，夹在书里，等夹成一大叠了，又可以跟小朋友去换画片或者几根橡皮筋。

也因为这个缘故，回家来写功课的时候总特别热心，恨不能将那本练习簿快快用光，好去换糖纸，万一写错了，老师罚着重写，那么心情也不会不好，反而十分欢喜。

在同学里，我的那根橡皮筋绳子拉得最长，下课用来跳橡皮筋时也最神气。而我的母亲总弄不懂为什么我的练习簿那么快就会用完，还怪老师功课出得太多，弄得小孩子回家来不停地写了又写。

也就在那么一个星期天，走进母亲的睡房，看见五斗柜上躺着一张红票子——5 块钱。

当年一个小学老师的薪水大约是 120 块台币一个月，5 块钱的价值大约现在的 500 块那么多了，也等于许多许多条彩色的橡皮筋，许多许多《红楼梦》里小姐丫头们的画片，等于可以贴一个大玻璃窗的糖纸，等于不必再苦写练习簿，等于一个孩子全部的心怀意愿和快乐。

对着那张静静躺着的红票子，我的呼吸开始急促起来，两手握得紧紧的，眼光离不开它。

当我再有知觉的时候，已经站在花园的桂花树下，摸摸口袋，那张票子随着出来了，在口袋里。

没敢回房间去，没敢去买东西，没敢跟任何人讲话，悄悄地蹲在院子里玩泥巴。母亲喊吃中饭，勉勉强强上了桌，才喝了一口汤呢，便听母亲喃喃自语："奇怪，才搁的一张 5 块钱怎么不见。"姐姐和弟弟乖乖地吃饭，没有答理。我却说了："是不是你忘了地方，根本没有拿出来？"母亲说不可能的，我接触到父亲的眼光，一口滚汤咽下去，烫得脸就红了。

星期天的孩子是要强迫睡午觉的，我从来不想睡，又没有理由出去，再说买了那些宝贝也不好突然拿回来，当天晚上是要整理书包的——在父母面前。

还是被捉到床上去了，母亲不肯让人穿长裤去睡，硬要来拉裤子，当她的手碰到我的长裤口袋时，我呼一下又涨红了脸，挣扎着翻了一个身，喊说头痛头痛，不肯她碰我。

那个样子的确像在发高烧，口袋里的5块钱就如汤里面滚烫的小排骨一样，时时刻刻烫着我的腿。“我看妹妹有点发烧，不晓得不要去看看医生。”

听见母亲有些担心的在低声跟父亲商量，又见父亲拿出一支热度计在甩。我将眼睛再度闭上，假装睡着了。姿势是半斜的，紧紧压住右面口袋。

夏天的午后，睡醒了的小孩子就给放到大树下的小桌边去，叫我们数柚子和芭乐，每个人的面前有一碗绿豆汤，冰冰的。

姐姐照例捧一本《西游记》在看，我们想听故事，姐姐就念一小段。总是说，多念要收钱，一小段不要钱。她收一毛钱讲一回。我们没有钱，她当真不多讲，自己低头看得起劲。有一次大弟很大方，给了她两毛钱，那个孙悟空就变了很多次，还去了火焰山。平日大弟绝不给，我就没得听了。

那天姐姐说《西游记》已经没意思了，她还会讲言情的，我们问她什么是言情，她说是《红楼梦》——里面有恋爱。不过她仍然要收钱。

我的手轻轻摸过那张钞票，已经快黄昏了，它仍然用不掉。晚上长裤势必脱了换睡衣，睡衣没有口袋，那张钞票怎么藏？万一母亲洗衣服，摸出钱来，又怎么了得？书包里不能放，父亲等我们入睡了又去检查的。鞋里不能藏，早晨穿鞋母亲会在一旁看。抽屉更不能藏，大弟会去翻。除了这些地方，一个小孩子是没有地方了，毕竟属于我们的角落是太少了。

既然姐姐说故事收钱，不如给了她，省掉自己的重负。于是我问姐姐有没有钱找？姐姐问是多少钱要找？我说是一块钱，叫她找九毛来可以开讲恋爱了。她疑疑惑惑的问我："你哪来一块钱？"我又脸红了，说不出话来。其实那是整张5块的，拿出来就露了破绽。

当天晚上我仍然被拉着去看了医生。据母亲说给医生的病况是：一天都脸红，烦躁，不肯讲，吃不下东西，魂不守舍，大约是感冒了。医生说看不出有什么病，也没有发烧，只说早些睡了，明天好上学去。

我被拉去洗澡，母亲要脱我的衣服，我不肯，开始小声的哭，脸通红的，哭了一会儿，发觉家里的工人玉珍蹲着在给洗腿，这才松了一口气。

那5块钱仍在口袋里。

穿了睡衣，钱跟过来了，握在拳头里，躲在浴室不出来。大弟几次拿拳头敲门，也不肯开。等到我们小孩都已上了床，母亲才去浴室，父亲在客厅坐着。

我赤着脚快步跑进母亲的睡房，将钱卷成一团，快速地丢到五斗柜跟墙壁的夹缝里去，这才逃回床上，长长地松了口气。

那个晚上，想到许多的梦想因为自己的胆小而付诸东流，心里酸酸的。

“不吃下这碗稀饭，不许去上学。”

我们三个孩子愁眉苦脸地对着早餐，母亲照例在监视，一个平淡的早晨又开始了。

“你的钱找到了没有？”我问母亲。

“等你们上学了才去找——快吃呀！”母亲递上来一个煮蛋。

我吃了饭，背好书包，忍不住走到母亲的睡房去打了一个转，出来的时候喊着：“妈妈，你的钱原来掉在夹缝里去了。”母亲放下了碗，走进去，捡起了钱说：“大概是风吹的吧！找到了就好。”

那时，父亲的眼光轻轻地掠了我一眼，我脸红得又像发烧，匆匆地跑出门去。忘了说再见。

偷钱的故事就那么平平淡淡地过去了。

奇怪的是，那次之后，父母突然管起我们的零用钱来，每个小孩一个月一块钱，自己记账，用完了可以商量预支下个月的，预支满两个月，就得——忍耐。

也是那次之后的第二个星期天，父亲给了我一盒外国进口的糖果，他没有说慢慢吃之类的话。我快速地把糖果剥出来放在一边，将糖纸泡在脸盆里洗干净，然后一张一张将它们贴在窗上等着干。

那个下午，就在数糖纸的快乐里，悠悠地度过。

等到我长大以后，跟母亲说起偷钱的事，她笑说她不记得了。又反问："怎么后来没有再偷了呢？"我说那个滋味并不好受。说着说着，发觉姐姐弟弟们在笑，原来都偷过钱，也都感觉不好过，这一段往事，就过去了。

月亮照我把书看

寄　北

在那个偏僻的小山村里，除了教科书以外，很少能看到有字的东西。村里的油盐酱醋是由一对夫妇用板车从很远的县城拉来的，来回要好几天。有时油盐酱醋都不一定装得够，更不用说让他们捎上几本书来。大概就是因为物以稀为贵，那时的我，见了书简直就不要命。地上一张揭不起来的纸，只要是上面有字，我都非得蹲在那看个明白不可。若是碰到一本好书，那就更不得了了。一定得吃饭看，睡觉看，有灯看，没灯也看。总之是不看完绝不罢休的。父母不知为什么，对我极是纵容，只要我的眼睛离书一尺以上，他们就从不多啰嗦。有一次搬家发现床铺下竟然全是旧报纸。我兴奋得当时趴下了，结果是姐姐妹妹搬家累得要死，我却在报纸堆里悠哉游哉了不知有多长时间。

暑假一过，家不在本地的老师回到学校，那段日子便成了我的节日，因为总有几本新书可看。山村的夏夜总是停电，而且屋里也闷热难忍，我最爱做的一件事便是拿着书到飞瀑似的月光下沐浴，一任星星点点的光亮珍珠一样滚落到我的书上，为我照明。什么问题也没有，每一字每一句我都看得清清楚楚。

我的第一位老师

钟叔河

我记得的第一位老师是《列那狐》。那时我大约 5 岁，已经认识不少字了。牛字旁边画着一条牛（印象最深的是这条牛身上一块白一块黑，和我只见过的黄牛大不相同），食字旁边一碗米饭一双竹筷，单调的“看图识字”我已经不想再看了。

连生表哥比我要大 10 多岁，他看的《天雨花》我一点也不懂。可是真应该感激他，不知道从哪里给我找来了一本开明书店出版、郑振铎翻译的《列那狐》。一翻开灰绿色的封面，洁白的洋纸上印着的精致而又生动的钢笔画，立刻深深地将我吸引了。

55 年后的今天，我还清清楚楚地记得：穿着教堂神父长袍的列那狐，小帽旁伸出一双尖尖的毛耳朵，正在一面教它的兔子学生们朗读‘‘克里独！克里独！”一面伸出爪子去抓一只胖兔子的咽喉；后面两只小兔则吓得缩起脖颈，恭恭敬敬地捧着大大的课本，嘴里不停地读着，眼睛却睁得圆圆的，从书页后面紧张地注视着这位狐狸老师……

我的心和全身都紧张起来了，仿佛自己也站在诚惶诚恐的小兔子中间，成了它们中的一个。这种紧张，是多么的新鲜，多么的有趣啊！

这本书中的字，我最多只能认得一半，可是这又有什么关系呢？我一遍又一遍地看着书上的图画，同时半懂不懂地看着书中的文字。

列那狐跟狼打架，先让婶母把橄榄油擦在自己的头上和身上。“橄榄”二字我不认识，去问连生表哥，才知道原来是那种咸不咸甜不甜、一点也不好吃的干果，还被表哥奚落了一顿。字虽然认识了，我还是不明白，打架为什么要擦油？干巴巴的橄榄又怎么能榨出油来？再去问表哥吗，那可不敢，他会把书抢走的，“看不懂就莫看，真讨嫌！”在他答不出来的时候。那时候，当然我不会知道油橄榄和“青果”的区别，更不会知道拳击手在出台前曾经要涂油——听说现在健美运动员还是这样的。

于是，我只好半懂不懂地看下去，有的地方慢慢地也就看懂了。有的当时自以为懂了的，其实倒是错了，而且错得很滑稽。

就这样，列那狐把我引进了书的世界、文学的世界。

我读懂了"0"的含义

◎ 林义兵

依稀记得孩提时，妈妈握着我的手，在纸上教我写0。那时，天真幼稚的我对0一无所知，只觉得它形如烧饼、大鸭蛋。

上了小学，我对0有了新的认识，并且对0产生了憎恨与害怕之情。一次，同桌由于考试作弊，被监考老师发现，结果，得了0分。随之而来的是老师的责备，父母的殴打，同学的讥讽与嘲笑。每次看见同桌那垂头丧气的样子，我总这样想："倒霉的0，希望我不会碰到。"并且，不懂事的我也经常抱怨世间的不平，为何要有0与100的区别。0的阴影笼罩在我心中。

进入中学，涉世未深的我碰到了倒霉的0，撞得我好痛好痛，对0的憎恨之感急剧上升。

初一上学期，学校组织作文竞赛。我满怀信心地报了名，并发誓要夺个第一。几个星期我不分昼夜阅读范文，一篇又一篇地修改与重写习作，耗尽了我全部的休息时间。而迈进考场，面对眼前空空的白纸及作文题目，我却茫然了，脑海里一片空白，简直不知所措。结果，我因跑题而得了个0分。残酷的事实让人简直不敢相信，我更觉茫然而无望。

从此，我变得消沉了，变得不求上进了，整个人埋入了自卑的苦海中，对0的憎恨之感更加强烈了，甚至到了要对其千刀万剐的程度。

“林义兵，你认识它吗?”那天班主任意外地把我叫到办公室，并指着数轴上的原点问我。“0啊!”我脱口而出。“是啊，0。”班主任叹气道：“正是这个0，使你失去了写作的兴趣，也正是这个0，使热情活泼的你变得沮丧、自卑起来……”班主任似乎也在为我叹气。停了停老师又开口：“你看，这0也是正负数的交界，我们能不能向它的右边走?你上次作文竞赛失败了，有没有好好分析原因，有没有争取下一次胜利的信心?”班主任边说边把0的右边标上1、2、3……

走出办公室，脑海中总浮现出那数轴上的0、1、2、3……耳边又响起老师那番话，似乎悟到了什么……

终于，我不再悲观泄气，不再消沉自卑了，我再次燃起了学习的热情。功夫不负有心人，初一下学期作文竞赛，我获得了梦寐以求的第一名。

随着知识的增多，年龄的增长，我更加深刻地了解了0的含义：千里之行，始于足下，任何成功都是从0开始的啊。

青春，笑纳成功，也不拒绝失败。谁又能否认“0”是成功的一块基石呢？

我学作文的小故事

◘ 佚 名

我学作文的“历史”中，曾有这么一件十分有趣的小故事。

那是我读三年级的时候，很调皮，手脚总是闲不住，做什么作业都不认真。特别是三年级开始有作文了，更不习惯。

一个星期天，老师布置写一篇作文：《记一件趣事》。一早，我在妈妈的督促下拿纸笔来做作文。心里一边想着玩，一边想着要应付检查，总得写几句呀。但是想来想去，有什么趣事好记呢！心里就暗暗埋怨起老师来，你什么题目不好出，偏偏出这个题目——趣事、趣事，一点趣味也没有。想了半天，连一个开头还写不出，就心一横，自言自语说：“对，还是先去玩一会再来写吧！”

于是我避开妈妈，猫着腰，溜到隔壁李明家，隔着门缝，把李明叫出来。

李明问："你叫我干什么？"我说："我们到小溪里去捉虾好吗？"

李明一听，乐了，立即回去拿了个瓶子，和我一起向村外小溪跑去。

我们在小溪里捉虾，不一会儿就捉到好几只小虾。它们在玻璃瓶里东冲西撞，逗得我俩哈哈大笑……

玩着，玩着，我忽然想作文还没写呢，不禁轻轻喊了声："糟糕！"就快步向家里跑。弄得李明莫名其妙，他也只好恋恋不舍地离开小溪回家去。

到了家，"上帝保佑"，妈没醒呢，大概她夜班回来又料理了家务太累了。我赶紧溜到房里，翻开作文本写起作文来。这时，不知怎的我的大脑转动得很灵了——我把在小溪里怎样捉虾，怎样看瓶中小虾惊慌失措、东冲西撞……甚至把李明笑得跌坐在溪水中湿了裤子的狼狈情景，也写进去了。

写好作文，我情不自禁地笑了。妈妈被我笑醒了，看了我的作文，直夸我的作文写得好。不知怎的，从此，我不但不感到作文难，而且爱上了作文。以后我渐渐懂得搜集作文材料的方法，还养成了随时把亲自做的、看到的、听到的有意义的事情记下来的习惯。因此，我的作文成绩也一年比一年有了提高，这次毕业考的作文我也感到没有什么困难了。

种　花

◎佚　名

童年像一块斑斓发光的鹅卵石，永远也洗不掉它身上那绚丽迷人的色彩。

我5岁那年春天，同好朋友芳芳在院子里玩儿，院子里五颜六色的花开得正热闹，蝴蝶像会飞的花朵一样在红花绿叶间跳舞。我看得入了迷，便对芳芳说："咱们一起种花吧！"没等她弄清楚是怎么回事，我就从每株花上摘下了几朵，"你挖坑，我种花。"我指挥着芳芳说。芳芳找来了小铲子，她挖坑，我种花。我在每个坑里种一朵花，同时又放上几片叶子。我忽然又想："被种在地里的花朵，它如果不吃不喝一定会饿呀！"我跑回家，抓来一把饼干，一个坑里放了一块。芳芳问："为什么还要放饼干呢？"

"你真傻，"我显得很有学问地说，"花不吃饼干能长大吗？”

“那吃饼干也得喝水吧！”

芳芳说得对。于是我们又在每个坑里浇了一小勺水。芳芳有点疑惑：“这样花真的能长出来吗？”

“能，花朵吃饱了喝饱了就会长出来。”就这样我们在房檐下种了一排花朵，这是秘密，妈妈不知道。这天晚上我梦见种下的花都开了，开得比妈妈种的花还好看，花上面还飞着不少蝴蝶呢。

以后，我每天去看一两次，可花就是不长出来，看了一天又一天，花还是不长出来。开始我以为坑里的花朵还没吃饱不爱长，所以就耐心地等着，等来等去，一直等到了夏天，我们种的花还没长出来，我常常趴在坑边喊它们，它们也不理我。长大以后，我才明白是怎么回事。

童年的鹅卵石，永远是那么绚丽迷人。

中秋赏月

佚　名

一年一度的中秋节终于盼到了。在这个有着悠久传统的节日里，家家户户都在团聚，我们家自然也不例外。吃完晚饭，爸爸和妈妈早早地在凉台的圆桌上摆上月饼、苹果、鸭梨、葡萄和脆枣，我们说说笑笑，盼着月儿快快地升起来。我还情不自禁地唱起了："十五的月亮，照在家乡照在边关……"

看！那带着一圈圈光晕的月亮终于从山后探出头来，接着露出了金黄色的笑脸，徐徐地上升着；随着不断地升高，月儿的颜色逐渐地变淡，最后像银盘一样挂在天空，向大地洒下一片银辉。望着皎洁的月光，引起我无穷的遐想。

广寒宫内的小玉兔、嫦娥、砍桂花树的吴刚，多么动人的传说！如今虽然宇航员们早已不止一次地登上月球，进一步证明了月球不过是一个不发光的星球，根本没有人迹。可嫦娥奔月的故事却依然有着它的魅力。

望着那圆圆的月儿，我脑海里又浮现出李白的优美诗句：“床前明月光，疑是地上霜。举头望明月，低头思故乡。”是啊，我是多么想念家乡的爷爷奶奶啊！6年前的八月十五，老爸带我回老家看望多年不见的爷爷奶奶。他们用蒸饼代替月饼。现在农民富了，他们不但自己吃上了香油月饼，还特地叫人给我们捎来了许多。还有桌上那香味四溢的大苹果，也都是爷爷承包的果园里生产的。我默默地遥祝爷爷奶奶：“暮年逢盛世，佳节更双安。”遥祝家乡的人民致富道路越走越宽，生活越过越好。

望着月儿，吃着月饼，我又想起台湾的小朋友。他们也在望月吧。也在想着大陆上的亲人和小朋友吧？我是多么希望台湾能早日回到祖国的怀抱，同台湾的小朋友欢聚在一起啊！

月儿已升到中天，那么圆，那么亮。我和爸爸妈妈都沉浸在全家团聚的幸福气氛中……

鞋子的故事

佚 名

我有一双真皮鞋子，鞋面已经毫无光泽可言，鞋跟也磨得向一边倾斜，然而穿着却非常舒服。

这双旧鞋子却有一个故事。首先它是一个朋友送给我的第一件礼物，后来在我们的交往中彼此都相送过不少东西，只是为什么是一双平底鞋作开端？为什么不是一个本子，一支钢笔，或者是一条项链？这之中是否有我们尚不明白的禅意？我倒并不忌讳鞋字和“邪”字谐音，只是时时想到，大概友谊也是需要脚踏实地的去维护的吧，它才不会因为时间和空间的隔离而变得疏远。

可惜这双鞋刚一穿就张了嘴，修鞋师傅是一个瘦老头，不苟言笑，听口音不是本地人。他的鞋铺里收拾得很干净，除了必备的原材料和扎鞋用的机器之外，墙上有不少钉子，一排排面朝里挂着他修好的鞋子，手工十分讲究，活儿细，鞋底上只有他认识的粉笔记号。

从此我一直在瘦老头这里修鞋，尽管离家不近，且他很少有即取的服务，也许因为那样无法保证质量，都是隔日取，这便得走四趟。他对回头客仍旧没有话，只是看你一眼，接活儿，第二天又看你一眼，交出活儿。没有任何凭证，从来不会错的。他修鞋牢，对脸也记得格外牢。

有时我到了那里不想马上走，就坐在竹凳上看他修鞋，一针一线、一举一动都是很稳妥的，并且表情也是极其安稳笃定的样子，与文人作文、画家画画并无太大的不同。坐着，他不赶；走了，他也是不招呼的。

我拿着这双大张其口的鞋哭丧着脸去找他，他看了看说，再粘还是要开的，只能围着鞋帮缝一圈麻线——我知道这种活儿哪个鞋匠也不愿接，吃力、麻烦又不用修鞋原料，难收高价钱。他说，你放这儿吧。

等我再去时，两只鞋都已缝好了，鞋帮上等分、整齐的针脚，全然是手工一针一线所致，至今仍是很坚牢，让人觉得这双鞋即使磨得鞋面斑驳，鞋跟全无，那针线也是再难松动的。

在北京大学读书的两年，我当然只能在北京修鞋了。回来后休整了数日，我便提着一堆待修的鞋子直奔老头的鞋铺。

出乎我的意料，鞋铺没有了，那个位置被一排新修的食杂店和冲洗彩卷的小铺替代。我向知情人打听，才知道老头死了。

一时，我怔怔地反应不过来。在我的印象中，修鞋的瘦老头儿，经常要为我敲敲打打的牙医，做水果批发的贩主，熟悉我发型的美容师，原是不死的。他们永远在那里忙着，即使我有一天白发苍苍地去，他们也会白发苍苍地接待着我，怎么可以说死就死呢？

大器之材

◎ （美国）卡菲瑞

1965年，我在西雅图景岭学校图书馆担任管理员。一天，有同事推荐一个四年级学生来图书馆帮忙，并说这个孩子聪颖好学。

不久，一个瘦小的男孩来了，我先给他讲了图书分类法，然后让他把已归还图书馆却放错了位的图书放回原处。

小男孩问：“像是当侦探吗？”我回答：“那当然。”接着，男孩不遗余力地在书架的迷宫中穿来插去，不一会儿，他已找出了3本放错地方的图书。

第二天，他来得更早，而且更不遗余力。干完一天的活后，他请我让他担任图书管理员。又过两个星期，他突然邀请我上他家做客。吃晚餐时，孩子母亲告诉我他们要搬家了，到附近一个住宅区。孩子听说转校却担心：“我走了谁来整理那些站错队的书呢?"

我一直记挂着他。但没过多久,他又在我的图书馆门口出现了,并欣喜地告诉我,那边的图书馆不让学生干,妈妈把他转回我们这边来上学,由他爸爸用车接送。"如果爸爸不带我,我就走路来。"

其实,我当时心里便应该有数,这小家伙决心如此坚定,则天下无不可为之事。我可没想到他会成为信息时代的天才、微软电脑公司大亨、美国首富——比尔·盖茨。

新转来的插班生

◎ （德国）阿米琪斯

昨天下午，正当老师告诉罗伯弟今后非得拄着拐杖走路时，校长领进我们教室一个插班生。这个男孩儿皮肤呈棕色，长着一头黑发，两只水汪汪的黑色大眼睛不停地滚动着，浓密的眉毛贴着前额，一身黑衣服格外醒目，腰里系着摩洛哥黑色皮带。校长在老师的耳旁咕哝了几句话，留下男孩儿便出去了。男孩子露出惊恐的神色，用他那黑黑的大眼睛注视着我们。老师拉着他的手对全班说：

“你们应当高兴。今天，有一个出生在列佐·卡拉布里亚市的意大利男孩儿来我们学校念书，他的家乡离我们这里有五百多英里。你们要爱这位远道而来的你们的兄弟。他出生在一个意大利引以自豪的地区。那里为国家产生过杰出的人物，卓越的劳动者和骁勇善战的军人。那里有一望无际的茂密大森林，雄伟的高山，居住着勤劳、智慧、英勇不屈的人民，是我们祖国的一块宝地。你们要真心实意地爱这个孩子，别让他感到自己是远离家乡的外地人。你们必须使他看到一个意大利的孩子，不管他来到哪所学校，都会找到亲如一家的兄弟。”

老师说完站起来，在一张意大利地图上，指着列佐·卡拉布里亚市的地理位置，对那个总是得头等奖的孩子大叫一声：

“埃尔纳斯托·德罗西！”德罗西马上站起来。

“到这儿来！”老师发话。德罗西离开座位，来到讲台前，面对卡拉布里亚的孩子。

“你是学校的优秀生，请你以全班的名义拥抱新学友，表示欢迎。这是皮埃蒙特区的孩子拥抱卡拉布里亚区的孩子。”老师说。德罗西紧抱卡拉布里亚男孩，用他那响亮的声音说：

“欢迎！”男孩儿也狂吻德罗西的面颊，大家热烈鼓掌。老师大声说：“静一静，教室里不准鼓掌！”可以看出，今天老师特别高兴。那个男孩儿同样非常高兴。老师分配给男孩儿一个课桌，陪他到座位上坐下。老师接着说：

“你们要牢牢记住我说的那些话。一个卡拉布里亚的孩子来到都灵要像在自己家里一样自由自在地生活，而一个都灵的孩子到了列佐·卡拉布里亚市也能像生活在自己家里一样。我们的祖国为了这一目的曾奋斗了50年，有3万意大利人为国捐躯。你们每个人要学会互敬互爱。如果有一天，你们中间有人因为男孩儿不是我们省里的人，就做对不起他的事，这种人就再也不配从我们美丽的国土上仰望冉冉升起的三色国旗。”男孩儿刚坐下，周围的孩子纷纷送给他钢笔和画片，坐在最后座位上的另一个男孩儿送给他一张瑞典邮票。

我的油布伞

佚 名

下雨了。小巷深处，涌出许许多多的伞儿，红的、花的……

看见伞，我便想起了我小时候的一把油布伞，想起了母亲，心里涌起一种温暖的感觉……

小时候，我们村里没有学校，要跑到镇上去上学。遇上下雨天，常被浇成“落汤鸡”。那时候，我多么盼望有一把伞呀！

有一回，放学的路上我又淋了雨，回到家就病倒了，通身烧得滚烫滚烫的。娘摸着我的额头，眼圈儿便红了。那时候我小，不懂事，竟不能体谅娘的难处，却说：“娘，要有把伞就好了，咱买一把吧！”

娘沉思良久，最后一字一句地说：“咱买一把吧！”听了娘的话，我半信半疑。那年月，家里穷，队里收成不好，全指望着娘织土布卖贴补家里，换回个油盐钱，还要给我交学费、买书和本子。她能有钱给我买伞吗？可是，我知道娘的脾气，对孩子，她从来都是说一句是一句的。

这天晚上，她早早地上了织布机，脚一蹬，手一搬，“哐里哐当”，满屋里都是机声了。这一夜，我枕着机声入梦。一早醒来，机声还在响。啊，娘织了一夜布。我悄悄地走到娘跟前，颤抖地喊了一声：“娘。”娘用熬红了的眼睛看着我，不自然地笑笑，我的泪水夺眶而出，说：“娘，你别再熬夜了，俺不要伞了！”

娘笑笑，说：“傻孩子，伞，咱还是要买的，娘多熬几夜就有了……”

终于有一天，娘从集市上卖布回来，一脸喜气。见了我，立刻打开了印花包袱，喜眉笑眼地说：“拿去吧，你要的伞！”

“啊，伞！”我惊叫着，从娘手里接过伞来。这是一把八角黄油布伞。我撑起，合上，再撑开，再合上，举起来，拧动伞柄，让它在空中旋转。欣喜之余，我偶一抬头，望见了娘那带笑的黄油布似的脸，心里一酸，眼里涌出了泪水……

从此，一把黄油布伞伴随我，从初中升高中，读大学，一直到参加工作，渐渐地，这把黄油布伞很落伍了，我却舍不得扔掉它。熟悉的朋友说我艰苦朴素；不知内情的人笑我寒酸小气。我都不去管它，只是笑笑，却不知，我带着这把伞就仿佛母亲在我身边似的，使我忘不了母亲和母亲对我的爱。

我有一个愿望

◘ 韵 儿

每个人都有自己的愿望，有的人想当一名科学家，有的人想当一名宇航员，有的人想当一名舞蹈家，有的人想当一名医生……而我却想当一名辛勤的园丁——人民教师。这个愿望来自于我的几次不寻常的经历。

有一天上课时，我精力不集中，东瞧瞧西望望，之后又画起画来。画了一座山，又画了一条小河。正当我画得起劲的时候，一只沾满粉笔灰的手敲了敲我的桌子。我抬头一看，原来是老师，心便像揣了一只小兔子似的怦怦直跳。

下课了，老师来到我的面前，她看了看我的画，说："画得还不错，你是不是非常喜欢大自然啊？"我点了点头。老师又说："喜欢大自然就要了解大自然，了解大自然就要好好学习。"听了老师的话我的脸上腾起了红云。

有一次我和同学们玩开火车，跑着跑着身后的同学摔倒了，结果我被绊倒了，额头上磕了一个大包，疼得我大哭起来。老师闻讯后飞快地跑过来，将我扶到教室为我包扎伤口，并像妈妈一样安抚我，顷刻，一股暖流涌入我的心田。

还有一次我发烧了，老师立即给我端来一碗热水，让我喝下去。吃饭时我没有胃口，老师对我说："不吃饭就没有抵抗力，吃一点就会好得快一些。"老师像妈妈一样，使我很温暖。

其实，老师不仅对我关怀备至，对其他同学也同样如此。所以我长大了也想当一名辛勤的园丁——人民教师，默默地耕耘，默默地奉献，为祖国培养栋梁之材。

外婆和鞋

◘ 佚　名

我有一双塑胶的拖鞋，是在出国前两年买的，出国后又穿了五年。它的形状很普通，就像你在台北街头随处可见的最平常的样式：平底、浅蓝色，前端镂空成六个圆带子，中间用一个结把它们连起来。买的时候是喜欢它的颜色，穿了五六年后，已经由浅蓝色变成浅灰，鞋底也磨得一边高一边低了。

你知道我为什么舍不得丢掉它吗？

这是个让生命在刹那间变得非常温柔的回忆。大学快毕业时，家住在北投山上，没有课的早晨，我常常会带着两只小狗满山乱跑。有太阳的日子，大屯山腰上的美丽简直无法形容，最让我快乐的是在行走中猛然回过头，然后再仔细辨认，山坡下面哪一幢是我的家。

走着走着，我的新拖鞋就不像样了。不过，我没时间管它，直到有一天傍晚放学回家，隔着矮矮的石墙，看见我的拖鞋被整整齐齐地摆在花园里的水泥小路上。带着刚和同学分手后的那一点嚣张，我就在矮墙外大声地叫起来：

“何方人士，敢动本人的拖鞋？”花园里没有动静。再往客厅的方向看过去，外婆正坐在纱门后面，一面摇扇子，一面看着我笑呢。

“今天下午，我用你浇花的水管给你把拖鞋洗了，刚放在太阳地里晒晒就干了。多方便！多大的姑娘啦，穿这么脏的鞋给人笑话。”

以后，外婆每次上山时，总会替我把拖鞋洗干净，晒好，有时甚至给我放到床前。然后在傍晚时分，她就会安详地坐在客厅里，一面摇扇子，一面等我回来。我常常会在穿上拖鞋时，觉得有一股暖和与舒适的感觉，不知道是院子里下午的太阳呢，还是外婆手上的余温？

就是因为舍不得这一点余温，外婆去世的消息传来以后，所有能够让我纪念她老人家的东西：比如出国前夕给我的戒指，给我买料子赶做的小棉袄，都在泪眼盈盈中好好地收起来了。这双拖鞋，也就一直留在身边，舍不得丢。每次接触到它灰旧的表面时，便仿佛也接触到曾洗过它的外婆的温暖而多皱的手，便会想起在夕阳下的园中小径，和外婆在客厅纱门后面的笑容。那么遥远，那么温柔，而又那么肯定地一去不返。

父亲挑书

许家冉

重一百多斤的书压在六十多岁的父亲的肩上。

我几次请求父亲放下担子让我挑一气，都被顶了回来。没办法，我只得借着电筒发出的可怜的光跟在父亲的身子后面，背上背着个装有几件衣服的旅行包和一把红色吉他，样子“潇洒”得要命。

我很清楚父亲此刻的心情。中学时我因母亲病逝，被迫从滇东北转学到滇东南就读。六年多来，父亲都是茕茕孑立地过着孤身生活，一大把年纪了，仍起早贪黑地劳作，其苦不言而喻。今年大学毕业，在众亲友的劝说下，我最终放弃了在昆明一报社工作的机会，回到了离别多年的家乡。这一决定出台后，最高兴的当然是父亲了。“这回有个说知心话的地方了！”父亲逢人便说。

一路上，父亲重复着那句重复了很多年的话：“做人不做浮漂草，要做水上捕鱼人。”碰上熟人问：“要干什么去？”他就抬高本来就很洪亮的声音：“秀才搬家——净是书。帮娃娃挑书到他舅舅家，请他家的客车送到城里去，明天娃娃就要到城里上班去了。”“这回算得了！”对方回敬了一声。“嗨！”

农村人的“要干什么去”是路上招呼的客套话，今晚做的事又是父亲盼了很多年的，于是，在回话时父亲便理所当然地欣慰了一番，就好像辛苦几十年就是为了等这几句让人欣慰的话从内心里流出来，以至于每一个字都吐得相当有力，像钉子落到玻璃板上一样，发出的声音像乐曲般悠扬。尤其是那个“嗨”字。只可惜，父亲的身子摇出的每一个动作，都使我联想到“蹒跚”这个词，加之脚下不时地打滑，父亲几乎是踉跄而行了。

我没有再要求父亲让我挑一气了。这个时候，即使再加上一百斤，只要是书——能照亮我的人生之路的赋予我智慧的书，父亲也会固执地将它挑在肩上。我小心地跟在后面，看着被书的重量挤压成弓形的父亲的身子，眼里溢满了一种闪亮的东西，让我觉得满天都是星星，正眨巴着眼睛看我，我也像是借着这满天的星星发出的光前行了。

希望赋予人的力量是何等的巨大啊！

从今以后，我想我会更加珍爱这些书——即使不能为父亲做些什么。无论走到哪里，我都会让它像春风跟随种子一样跟着我——我忘不了这个雨夜，白发苍苍的父亲为我挑着沉重的书踉跄在一条又稀又滑的泥巴路上。

父亲的教鞭

佚　名

走过了人生19年的路程，一路上觉得有点坎坎坷坷，也算是“风雨兼程”吧。似乎该怪之于父亲的那根不同寻常的教鞭。

“教鞭，是老师教学生识字时用来指示的工具，也是老师用来处罚不听话学生的棒棒。可爸爸的教鞭为什么老跟我们作对呢?”童年时，我常向姐姐寻求答案。

姐姐总是耷拉着脑袋，一声不吭。难怪嘛，她也是个“手无寸铁”的受压迫者。

“叫你考试不认真，还看错了题……”一道道血痕刻进了手掌心。我又是哭又是叫。隔壁的小胖子听见响声把头伸进来，朝我扮鬼脸。当时那个气啊，我恨不得冲出去打他个仰面朝天。

“把这该死的教鞭扔掉！”有一天，我在姐姐耳旁把这绝密计划告诉给姐姐。

说干就干，星期天趁父亲下地时，我在门口放哨，姐姐溜进了他的房间……

在惶恐不安中度过了两日。还好，父亲没提起教鞭的事，只是一根同样的教鞭又落到了我的手掌心。因为我考试时看错了题目；因为我读书时老打瞌睡；因为我撒谎。曾几何时，幼稚的我萌发了一个奇怪的念头：他不是我父亲该多好啊！

父亲的教鞭陪伴我走过小学、中学。一次，我在一本发黄的《小学生作文》上读到一篇《老师的教鞭》，这是父亲的学生写的：“郑老师有一根神奇的教鞭，它指引着我们进入科学的迷宫。但他的教鞭从不打我们，偶尔一两次发怒，教鞭总落到我们手边的桌子上……”

渐渐地，我眼睛里蓄满了泪水。

前年8月，当姐姐收到大学录取通知书时，父亲刚从地里回来。黝黑的脸上满是泥浆与汗水，气喘吁吁的。他双手往衣襟上擦了又擦，颤抖着手接过录取通知书。父亲如释重负地笑了。是啊，女儿是争气的，她终于被“打”进了大学。

姐姐临走的前一天，父亲抚摸着教鞭，坐在那里紧皱双眉，浑浊的眼睛微闭着。许久，他开口了：“芳，这教鞭拿去吧，以后实习时用得着它。但切记，这鞭子是不准打人的，可我……”父亲用衣襟一遍一遍地擦着教鞭，而后小心地放进姐姐的行李袋。这时，我分明看见了父亲的嘴唇在颤抖。

姐姐走的时候，父亲没有去送，他反复叮嘱姐姐注意身体，努力学好专业知识……姐姐走了，带着父亲的教鞭，带着父亲大山般沉重的寄托走了。莹莹泪光中，我不由想起一句古话："可怜天下父母心!"

半个月后，姐姐来了一封信。信中说："小妹，说真的，也许爸爸教育子女的方法有点不对头，但他有他的教育原则'不打不成器'。可他的教鞭要承担着事业和家庭两副担子，确实不容易，但他没有半点怨言，我们做子女的应该体谅他……"

一封信解开了我心中的疙瘩。想想也是，父亲的教鞭不仅抵御着"下海捞金"的大潮，支撑着他站在三尺讲台前，演绎着平凡而又壮丽的教师人生，毫无怨言，默默奉献，而且承担着一个丈夫、一个父亲的家庭重任。同时，他的教鞭也打出了我们姐妹俩诚实勤奋和坚韧的性格，克服困难的信心和意志。

朦胧泪眼中，我仿佛又看见父亲花白的头发，瘦削的脸庞，熟悉的教鞭……

你震撼我的心灵

◘ 佚　名

我一直希望你知道，你曾经是我教过的，最令我头疼的一名学生。一年前，你刚刚转到我的班里两个月，就一直不专心听课，不完成作业，整天拖着两道鼻涕，穿着永远弥漫着炸油条味道的衣服，给我惹下许多的麻烦。

比如：随便摘学校花圃的花了，在外面小摊上不给钱拿人家的糖块了，又和高年级的同学打架了，由于你的长指甲扣掉我们班的流动红旗了等等。而最令老师头疼的是，无论我是在班上公开批评你，还是把你叫到我办公室单独训话，你总是一副很平静、漠然的样子，不会说出一句像样的话。我的声色俱厉也好，苦口婆心也罢，只能是自己浪费精力而已，你一样会在外面给我惹麻烦，一样会让我难以教育。

就在我打算放弃你的时候，一件小事发生了。那是去年冬天的一个早晨，当我又被告知因为你的卫生差，我们又不能得到流动红旗的时候，老师简直快气疯了，全班同学努力了近一年，只要这次一得到，咱们班年终积分就可以上前三名，可现在……我气冲冲地冲进教室，一把拽起你，把你拉到办公室："不是告诉你，让你好好剪指甲吗？你看看你的脏手！还能……"话还没说完，老师已经看到了你的那双手，那是一双什么样的手啊！指甲里全是黑泥，五个手指头像刚从炭灰里抽出来。而那手背上，食指、小指上，已经绽开了好多裂口，有的结成了血痂，又蒙上一层黑色，有的还可以看到红红的血口。这哪里是一双孩子的手！一下子，老师看着你那张依旧写满漠然的脸，不知说什么好。"你从来不洗手吗？"过了许久，我才轻声责问道。"洗了。""洗了还那么脏！"我把你拉到盆架前，倒了一盆热水，决定给你好好洗洗手。

轻轻地，我握着你的手，心里不知涌动的是一种什么感觉，一起漫在盆里。"先泡泡。"我说。我皱了皱眉头，轻轻吸了口气："疼吗？"你依然没吭声，只是摇摇头，我开始给你打香皂，在厚厚的泡沫中，我的手穿过你的手腕、手掌、手背和你的每个指尖。"老师，你的手真白、真软。""是吗？"我笑了，扭头看见你黑黑的依旧拖着鼻涕的小脸蛋上，竟然也绽放出了一个可爱的笑颜。"小脏鬼"，我笑着，干脆又往你的脸上也抹了一堆堆的泡沫，看你那满是泡沫的小脸幸福地笑着，老师的眼泪却不知不觉地流了下来……那个时候，我才真正感到，你只是我的一个需要呵护疼爱的小弟弟，一个才 8 岁的孩子啊！

也就从那一天开始，我每个星期一都把你叫到办公室，给你剪指甲、洗手，而你也渐渐开始对我讲一些你和你母亲不愿为人所知的家事，以及你们艰难却又顽强的生活。从那天开始，那每一次洗手，成了你我之间最好的交流方式，而你也乐于在这个时候，回答我的一些问题，从潜意识里采纳老师的一些建议。半年以后，由于校领导的多方努力，你终于可以和班里的每一个孩子一样，开始正常的家庭生活。一年以后，你已经成为一名小组长，并且被大家提名为班委。而今天的你，已经是学校里一名比别人略显成熟的大队干部了。

看着你健康成长，感觉你从内心到外表的每一点转变，老师都感到无比的欣慰和幸福。

而与此同时，我也在想，为什么一开始的时候，你不肯和我进行交谈，却总是选择沉默和对峙呢？我不光只是训斥，我也有语重心长啊！为什么在你转来近一年后，一次偶然的洗手，才能使我真正了解你如此复杂的家事和你那难言的痛楚呢？

那一次次的家访被你用尖锐的言语拒绝，那一次次我自以为是苦口婆心的劝说，只换来你当时那无言的反抗，所代表的含义，我到现在才真正地理解。无论我当时用怎样的方式，我都无法抛开老师所谓的尊严。在你看来，我只是一位高高在上，不了解又根本无法容纳你的大老师而已。

所以，老师也想告诉你，是你的一双小手、一脸漠然，让老师深深地自责，深深地震撼，让我更深一层地理解了教师这个职业的内涵和深邃。

现在，请绽放你的微笑给我吧，因为你的每一份快乐就是老师全部的甜美。